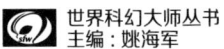
世界科幻大师丛书
主编：姚海军

鸠笛草

［日］宫部美雪 著

张乐 译

四川科学技术出版社

HATOBUESO—HANSAI/KUCHITEYUKUMADE

Copyright©Miyuki Miyabe 2011

All rights reserved.

Original Japanese edition published by Kobunsha Co., Ltd.

Publishing rights for Simplified Chinese character arranged with Kobunsha Co., Ltd. through KODANSHA BEIJING CULTURE LTD. Beijing, China.

Simplified Chinese edition copyright: 2022 Sichuan Science Fiction World Co.,Ltd.

All rights reserved.

图书在版编目（CIP）数据

鸠笛草／[日]宫部美雪 著；张 乐 翻译．-- 成都：四川科学技术出版社，2022.8

（世界科幻大师丛书／姚海军 主编）

ISBN 978-7-5727-0612-7

Ⅰ.①鸠… Ⅱ.①宫… ②张… Ⅲ.①幻想小说—日本—现代 Ⅳ.① I313.45

中国版本图书馆 CIP 数据核字（2022）第 112140 号

图进字：21-2021-349

世界科幻大师丛书

鸠笛草

SHIJIE KEHUAN DASHI CONGSHU
JIU DI CAO

丛书主编　姚海军

著　者　[日]宫部美雪

译　者　张 乐

出 品 人　程佳月

责任编辑　宋 齐　姚海军

特邀编辑　李闻怡

封面设计　李 鑫

版面设计　李 鑫

责任出版　欧晓春

出　　版　四川科学技术出版社
　　　　　成都市锦江区三色路 238 号　邮政编码 610023
　　　　　官方微博：http://e.weibo.com/sckjcbs
　　　　　官方微信公众号：sckjcbs
　　　　　传真：028-86361756

成品尺寸　140mm × 203mm　　　印　张　9.75

字　数　175 千　　　　　　　　插　页　2

印　刷　成都博瑞印务有限公司

版　次　2022 年 10 月成都第一版

印　次　2022 年 10 月成都第一次印刷

定　价　46.00 元

ISBN 978-7-5727-0612-7

邮购：成都市锦江区三色路 238 号新华之星 A 座 25 层　邮政编码：610023

电话：028-86361770

目　录

直至朽去

くちてゆくまで

我会从这个家里把能带走的记忆全部带走，只把悲伤留下。

01

通往新开桥的那条路俗称"都电路"，在它和永代路的十字路口，麻生贞子第四次心脏病发作。这场致命的发作袭来时，她正在回家路上，打算去商店街的蔬菜店买橘子。被孤零零地留在这世上的孙女智子之所以知道这件事，是因为贞子手里攥着一张纸条，上面用平假名写着"みかん"。

在死亡的瞬间，即便还有什么别的念头曾在贞子脑海中闪过，也已了无痕迹。急救人员赶到时，贞子已经咽气，就算他们曾在她脸上看到过痉挛般的表情——源自对死亡不可抗拒的恐惧心理——那表情也已荡然无存。留下来的，唯有"橘子"这个单词。

心脏病发作时，贞子只身一人。她刚看过耳鼻喉科医生，正在回家途中。约从十年前起，每个月去检查一次听力和助听器已经成为贞子的习惯。

想开一点，智子暗自思忖。在守夜和葬礼期间，聚在一起的亲戚、祖母的熟人，以及智子的朋友中也有人这样说。如果贞子再晚五分钟看完医生，或是在等候室里多待上五分钟，那么当她心脏病发作时，离医生就只有一门之隔。然而，贞子倒在了就快要走过十字路口的地方，身边只有见状当即发出惨叫的年轻女性，以及压根没有意识到人行横道上倒着人的中年营销员。前者只知道死死抓住同行的男子，蹲在地上尖叫不止；后者则烦躁地狂按汽车喇叭，纳闷为何信号灯都红了，行人却还占着马路。如果当时在贞子身边的不是这些人，而是能做出妥善处理的医生，她未必会死于那次发作。

令智子自己也意外的是，她很快就把这个想法从内心驱逐了出去。当然这绝非易事，过程伤筋动骨。好在祖母贞子凡事都未雨绸缪。约两年前，她因轻度的第三次心脏病发作住院了半个月，出院回家后她对智子说的一番话，给了智子很大的帮助。

"我迟早是会死的，智子。"那时，祖母面带笑容地说，"到时候你就孤身一人了。虽然我实在放心不下，但再怎么担心，都改变不了我将丢下你先走一步的事实。"

"别说不吉利的话，奶奶。"当时还是高中生的智子说，"我不想考虑那种事。"

智子很清楚，祖母心脏里埋着一枚"炸弹"。贞子不知道，她的主治医生宫坂曾特意单独找过智子，坦承了贞子的病情。所以当贞子郑重地谈及此事时，现实的恐惧顿时涌上智子的心头。

"干吗说这种话，身体又不舒服了？"

贞子依旧笑眯眯的，她摇摇头说："我好得很呢，多亏有宫坂医生为我治疗。"

"那不就好……"

"可是智子啊，就算现在没事，我迟早也是要走在你前头的。所以我希望你牢牢记住我说的话。"

"那现在别说，等真有需要的时候再说，成吗？"

"真到了那时候，只怕我连话都说不出来了。虽说可以事先写好遗嘱什么的，但太麻烦了，我不是不识字吗！所以想到的时候就得说出来。对老人来说，这种准备很有必要。"贞子说，"听好了，智子。你我一向相依为命。难得有你这样完全由奶奶一手带大的孩子。当然，我们也会吵架，即使是你，也萌生过离家出走的念头。这我清楚得很。"

高二那年的夏天，智子将几件衣物、用自己名字开户的存折（余额二十万六千二百一十一日元）和自幼珍爱的小熊玩偶塞进旅行手提包，寄存在车站的投币式储物柜里，打算伺机出逃，不过最终还是放弃了。

智子因为确有其事而垂下了头："不晓得奶奶你是怎么发现

的, 但我确实曾决定离家出走来着。"

那时的智子厌倦了和祖母两个人的生活。学校也乏味无趣, 像自己这种父母早亡、家庭残缺的女孩, 再怎么努力追求优异的成绩, 也不可能拥有受眷顾的未来。她抱着这样的觉悟, 觉得倒不如索性从现在开始, 去自己想去的地方, 做自己想做的事。

"是吗? 那为什么没走呢? "

被贞子一问, 智子情不自禁地笑了起来。是啊, 当时她相当受伤, 如今却可以笑着谈起了。

"同我约定一起出走、两个人努力工作生活的人——那时候, 她是我最好的朋友——在最后关头改变了主意。"

智子甚至能明确指出当时那个远大的计划是在何处流产的——在抽水马桶上, 而且还是那个好朋友家的抽水马桶。理由很简单, 她来例假了。离家出走的理由便也就此消失。她的男友肯定如释重负, 毕竟在她坦白自己可能怀孕了的时候, 那家伙的态度顿时冷如寒冬深夜里的马桶圈。反观智子却是泄了气, 想要离家出走的劲头也不知消失到哪里去了。

贞子听了哈哈大笑, 嘴张得能清楚地看到她补过的臼齿。

"原来智子也背着我考虑了很多啊! "

"从投币式储物柜里取出旅行手提包偷偷溜回家时, 我体会到了人生中最大的挫败感。"

"可不是吗, 可不是吗! "

祖母快活地笑个不停，智子也笑了。过了一会儿，祖母好不容易止住笑声，重拾刚才的话题："但不管怎么说，智子和我还算是过得和睦。所以撇下你令我痛苦，而你孤身一人后也一定会感到寂寞的。"

祖母的神情恢复了严肃。

"奶奶……"

"好了，先听我说。我寻思着，等我死了，处理葬礼这呀那的杂事期间，必然会冒出些人来对你说三道四。毕竟世人都是只顾自己高兴。肯定有人会跳出来嚼舌头，故作通达地胡说八道，'要是智子把奶奶照顾得更好些，奶奶肯定还能更长寿'什么的。"祖母皱起眉头，露出厌恶之情，"此外还有件事，是最叫我害怕的，我怕到了那时，智子会苛责自己。假如我碰巧死在智子不在家的时候，你或许会觉得'要是我那时没出门，奶奶就不会死了'。这我可不允许。因为绝对没那回事。智子啊，生死有命。你小时候就以极其惨痛的方式失去了父母，应该深有体会。比起其他未经世故的小姑娘，你或许更能理解……但即便如此，我还是要在这里再说一次，智子，命运天定，不可抗拒。"

祖母一个字一个字清晰地念出"命运"这个词，命、运。

"我们相依为命，无论何时都是同心协力，不是吗？所以你要牢牢记住，无论我在什么地方以何种方式死去，临死前我都只会想：和智子一起生活真快乐啊，就算只剩下智子自己，她也一

定会努力获得幸福。分别虽然寂寞,但智子肯定没问题的。我
不会有除此之外的任何想法。你要相信——"

在成为现实的葬礼上,智子望着祖母的遗像,心中无数次想
起她当时的嘱咐。若我陷于自责,奶奶是不会高兴的。奶奶希
望我相信她那时的话——就这样,在祖母死后一个月左右的时
间里,智子熬过了最艰难的时期。

然而,穿过幽暗隧道,仍有令人心灰意冷的现实难关卡在前
方。那就是继承税。

祖母给智子留下的全部财产,包括两人共同生活的一栋房
龄二十五年的木造二层住宅,约二十坪①的地皮,以及若干银行
存款和简易保险的死亡保险金共计五百万日元。虽然亲戚中不
乏指手画脚之辈,但智子不为所动,前往市政府的咨询窗口,请
他们介绍了一位注册税务师。

这位税务师姓佐佐木,和智子过世的父亲年纪相仿,鼻子下
面留着精心修理过的小胡子。那形状酷似小刷子的胡子好像在
说,就让我用这把小刷子为您迅速扫去世间的烦心琐事吧。智
子喜欢这小胡子,也中意这位税务师雷厉风行、不装腔作势的
个性,处理令人厌烦的金钱账目和文书事务时,也因此轻松了
许多。

据他说,智子唯一继承人的身份毫无争议。土地和建筑都

---

① 土地面积单位,一坪约三点三平方米。——本书脚注均为译者注。

在祖母的名下,原先归祖父所有,在他过世后,祖母继承了丈夫的全部遗产,并持续至今。

"爷爷是什么时候过世的?"税务师问智子。

"据说是在我出生前。"

"这样啊。当时这个地区的路线地价①还很低,所以你奶奶足以支付继承税吧。"

"按本来的顺序,是由我父亲继承祖母继承下来的土地,然后才轮到我。"

"请问,你的双亲是在你几岁时过世的?"

"八岁的时候,因为交通事故。"

"真是太不幸了。"

握着方向盘的是爸爸,妈妈坐在副驾驶座上。汽车在深夜的京叶公路上以一百公里的时速疾驰,狠狠地撞上了中央分隔带,两个人双双毙命。智子险些坦诚相告。当时我也在,就在那辆车的后座上。只有我一个人活下来了,税务师先生。

智子终究没能说出口。一旦说了,对方势必会对智子的命薄缘悭流露出无所适从的神情。这位好脾气的税务师肯定拥有一个恬然、富足、无忧无虑的家庭,她不想再让他给予自己更多的同情了。

但她在内心暗自呢喃:所以啊,我对这类事情已经习惯了,

---

① 指道路沿线上标准宗地的单位地价。

税务师先生。

最终的核算结束后，佐佐木税务师略带愁容地告诉智子："看来不卖掉房子就支付不起继承税。"就连这时候，智子受到的打击也没有想象中大。

"我有这个思想准备，"智子点点头说，"能给我多长的期限呢？我得找地方住，收拾房子也是个大工程。"

"半年，"税务师回答，"你可以慢慢找房子。我想支付税款之后剩下的钱也足够你买一间小公寓了。"

智子略微瞪大眼睛，随即露出微笑："这么一来，作为不过二十一岁的小白领，我算是超级有钱人了吧？"

佐佐木税务师笑而不语，仿佛已经推测出了智子的下一句话。

"只不过我呀，是孑然一身的有钱人。"

"麻生小姐还年轻着呢。"税务师说。

出售房子和购买公寓的事宜，由佐佐木税务师委托给了和他有交情往来的不动产中介公司。智子只需慢慢地收拾房子、整理行李，以便在合适的买主出现时可以随时交付。

那天，税务师离开后，智子来到房子南侧那个聊胜于无的小院子。她趿拉着祖母的拖鞋，先发了会儿呆，不久便走向位于庭院角落的带锁小仓库，从中取出一把小铲子和一个空花盆。

祖母喜欢盆栽植物，但养不好也不擅长照料。她会心血来潮地在花店店头或集市摊头买上一盆仙客来或伽蓝菜，不过爱惜它们的时间只限花期。花一败，她便将盆里的土掏干净丢在院里，再把空盆收进仓库。如此反复后，仓库里的花盆堆积了大大小小将近十个。智子从中挑了个大号的拿到院中。然后，她用铲子挖起院中的泥土，装在花盆里。

干着干着，她的心情舒畅了些。等在新的住处安顿好后，就在这花盆里种点儿什么吧。奶奶喜欢的杜鹃花或许不错，不，与其种杜鹃花——

不如种橘子吧。

尝试种一株橘树苗如何？为了能够养好它，还要去请教花店老板。

橘子，祖母最后想去买的橘子。她紧紧攥在手里的纸条，先是由急救人员交给了急诊病区的护士，然后又转交给了赶到医院的智子。那是祖母的遗言。买些橘子回家吧。

她是打算买回来同我一起吃的。吃完后，橘子皮晾干用来泡澡。种子撒在院子里。虽然她说，这样做指不定什么时候种子就会发芽，但其实从未正经做过。这次就让我认真地试着从幼苗种起，试着培育一棵大树，大到公寓的阳台都放不下吧。

智子用铲子挖着院中的泥土，第一次不用顾忌旁人，放声哭泣。

02

办完贞子的葬礼，又过了两个月左右，不动产中介公司的负责人和佐佐木税务师一同登门造访。

令人意外的是，来的是位女士。她看上去已年近四十，不过身材苗条、个子高挑，穿着一身智子难以驾驭的、线条分明的套装。长发随意地束在脑后，泛着光泽的浅色头发嵌缀其中，宛如一束黑线中杂糅着金丝。看来是使用了黄色的染发剂。

"我是须藤。"她报上姓名，声音有点儿沙哑。如同在美国电影里看到的那样，她伸出手和智子握了握。她的手清爽干燥，很有力道。

在递来的名片上，"须藤逸子"这个名字旁只印着公司的名称。怎么没有职务？智子的脸上显露出了惊讶的神色。

逸子微微一笑，没有介意："实不相瞒，这是我自己的公司。"

"须藤小姐的公司？"

这么说，她是社长？

"不过就只有五名员工。经佐佐木先生得知麻生小姐的情况后，我认为还是由女性来负责比较妥当。不巧我们那儿只有一名负责管理电脑的女职员，所以才由我前来拜访。"

她还说，如果智子不放心，尽可以进行全面调查，调查费由他们公司来出。

"能经手麻生小姐的土地,对我们公司而言也是一单大生意,所以这种程度的服务不过是聊表心意,希望能赢得您的信赖。"

"初次接触不动产买卖,感到不安也理所当然。"佐佐木税务师插话道,"麻生小姐若是满意我的工作风格,我想您也会满意须藤小姐的。"

智子先是盯着名片,然后打量着逸子那身裁剪得当的套装,又欣赏了她蹬着五厘米高跟鞋的优美腿部曲线,最后莞尔一笑:"那就拜托您了。"

反正早晚要付出信赖,才能将这项工作托付出去,倒不如就顺水推舟吧。

那天,逸子检视了房屋内外,确认了年代久远的产权证,还中途取来《土地和建筑物登记册》副本,为智子说明今后要办的各项手续。她说这一带靠近市中心,又是面朝公路的拐角地段,应该能卖出相当不错的价格。她语气干脆,提及专业术语时必定进行解释,智子对此颇具好感。

因为还有约在身,佐佐木税务师先行离开了。他走后,智子和逸子隔着餐室的旧桌子相向而坐,喝着咖啡,这时逸子说:"关于这次的土地买卖,对麻生小姐而言,您个人有没有必要向谁征求意见呢?"

因为逸子在"个人"上加重了语气，智子当即领会了此问的真正用意。逸子指的并非亲属。

"很遗憾，我没有正在交往的男性。"智子微笑着回答，"公司的前辈和朋友倒是都很关心我，不过我也没有对他们细说。"

以前倒也有过一位近乎这种存在的男性。不过他半年前换了工作，两人的关系也因此走到尽头。这就是只有在近距离的前提下才会开花结果的恋爱吧。

"我想说的是，在我看来，这反而是好事。"逸子第一次使用了亲和的语气，"如果已婚则另当别论，可麻生小姐这种处境的女性身边，若跟着关系亲密的男人，大概率会有不好的结果。比如不动产卖出高价，却破坏了两人的关系；或是为了保住感情而导致交易受阻之类的。因为一旦牵扯上巨款，人是会变的。也有情况严重的先例——财产被奔着钱来的男人挥霍一空。"

智子徐徐点头。实际上，就连公司里也有拐弯抹角打探智子眼下处境的男人。在此之前，那男人和她毫无交集，想必是因为智子成了单身的女继承人，才突然对她有了兴趣。

"恋爱的事，我打算等事情都解决了、安定下来后，再从长计议。"

逸子仰起白皙的脖子笑了："明智的选择。"

说起来，逸子手上也没戴结婚戒指。不知是智子表现得太过明显，还是逸子会读心术，她准确地捕捉到了智子眼神中的含义。

"我离婚了，有个上小学的孩子。"逸子和颜悦色地说。

"几年级？"

"明年升三年级。个性很狂妄哦，或许因为是女孩子吧，已经能说会道的了。"

在智子的大脑做出反应之前，话已脱口而出："这么说，就是和我失去父母时同年了。"

逸子将咖啡杯放回托碟，微微歪着头，注视着智子："听说麻生小姐从那之后就一直和祖母共同生活。"

"是的。我爸爸是独子，妈妈也早就没了父母。虽然各路亲戚不少，但共同生活的就只有我和祖母。"智子淡淡一笑，"提到我奶奶的时候，称呼她'奶奶'或'贞子'就行了。'祖母'这种叫法，搞得跟少女小说似的，怪难为情的。"

逸子笑着点点头："好，那我就随意些了。"

气氛融洽起来，两人天南海北地聊着。智子知晓了逸子所穿的套装品牌，同时也认识到那是自己压根儿买不起的高档货。

"外表而已啦，外表。"逸子笑着说，"女人从事这种职业，哪怕只是外表不够光鲜都会被彻底小瞧。这方面还是男人好啊。我也想做男人。家务之类的'女人活'我都搞不定。"

逸子环顾厨房："难得这么老的房子还能一丝不乱。可见奶奶和麻生小姐都是爱干净的人。"

"就因为房子太老，才要好好拾掇。不然就真成破房子了。"

"有拉门拉窗的房子真叫人羡慕。"

逸子的话令智子想起每到岁末，自己和祖母一同给门窗糊纸的情景。明明是习以为常的事，为何一旦成为回忆，就如此沉重呢？智子的眼角蓦然泛起泪光，为了不让逸子觉察，她挪开了视线。

"已经开始打点行李了吧？"逸子装作没有注意到智子的眼泪，"我看二楼全是纸箱……其实也不用这么着急。"

"反正该收拾的还是得收拾。"智子说着，起身去添咖啡，"现在只剩楼梯下面储藏室里的东西还没动。那是个不折不扣的'吓人箱'。我父母去世后，奶奶也曾和现在的我一样，整理他们的遗物。她将不能扔的东西全都收进了储藏室。前不久我刚打开门瞧了瞧，便全明白了，又啪地把门给关上了。"

逸子的眼神有些黯淡："毕竟光是整理奶奶的东西就够难受的，更别提同时面对关于已故双亲的回忆了。"

智子微微一笑："嗯……倒也不是。关于我父母的死，最艰难的时期早就过去了。真的只是字面意思上的'吓人箱'而已。其实我啊，几乎不记得父母了。"

逸子看上去有些惊讶："他们去世的时候，麻生小姐不是已经八岁了吗？"

"您的意思是，在那个年龄失去父母，通常是会留下记忆的，对吧?"

逸子生硬地点点头:"嗯,大抵如此。"

"可我的情况有所不同。"智子解释起那场令她失去父母的事故,"我当时坐在后座,是唯一活下来的人。不过,我也受了重伤。特别是头部,遭到了重击,失去了此前所有的记忆。"

逸子睁大双眼:"是患了失忆症的意思吗?"

"是的……失去的记忆至今也未能恢复,用医生的话说,像这种因为事故等原因打到头,从而失去之前一天或几个小时记忆的情况不在少数。据说这叫'逆行性遗忘'……"

"嗯,我对这个词好像有点儿印象。"

"可是,像我这样打到头后一下子忘记了此前八年人生的病例,据说极为罕见。当然也不是完全没有,你看,眼前不就有一个吗!"智子单手在自己头上咚地敲了一下,"所以别说自己小时候的事了,我连父母的脸都不记得。不看照片就不知道他们的样子,很惨吧。"

逸子接过续过热咖啡的杯子,同时凝视着智子的脸:"连一点儿零星碎片也不记得吗?"

智子双手一摊:"有些零碎的记忆闪回,不过拼凑不起来。"

"这样啊……"

"不过,一旦回忆起美好的往昔,就会想到自己已经失去了它们,或许因为这实在是太痛苦太悲伤了,我的心才压制住了那段记忆。若是如此,就随它去吧。"

"奶奶也没有对你说起过吗?"

"说过事故以外的事。诸如'智子还是小宝宝的时候,有过这么件事'这种。但是对奶奶来说,回顾过去也很痛苦吧?毕竟她同时失去了儿子和儿媳。所以,除非我央求她,否则她也不怎么提。"

是啊——奶奶几乎不会谈及往事,智子想。自己竟然直到现在才意识到这一点,真不可思议。但和祖母一起生活时,她连想都不曾想过,因为觉得理所当然。不过,现在通过和逸子的对话,她深切体会到了祖母的心情,以及祖母对过去闭口不谈的原因。

"所以,在此之前,我根本不知道楼梯下的储藏室里放着父母的遗物。"

逸子再度将视线投向房中,大致环视一周后,发出一声轻叹:"对麻生小姐来说,离开这个家,会蒙受极大的损失啊。"

她说得没错。但没有办法。

"要想不卖房子就解决问题,我只能去劫运钞车或贩毒了。"

逸子皱起脸:"继承税制度真是荒唐透顶。"

"我虽有所耳闻,但没想到会这么夸张。"智子笑着说,"不过没关系。我会从这个家里把能带走的记忆全部带走,只把悲伤留下。"

智子的笑容似乎令逸子安心了一点儿。

"请务必慢慢来,整理行李不用急于一时。"逸子温柔地说,"就享受着'吓人箱',悠闲地打开它吧。"

"嗯,我正是这么打算的。"智子点着头说。

03

那个箱子塞在储藏室的最里面。

是个瓦楞纸箱,比装橘子的箱子大上一圈。在整理到这个箱子之前,智子已经发现了大大小小的、承载着记忆的碎片:塞满了自己儿时衣物的茶具箱,数本相册,妈妈曾使用过的珐琅锅等。所以智子本以为这个箱子里装的多半还是这类东西。

着手整理楼梯下的这间储藏室,令智子内心深处隐隐作痛。感觉就像皮肤被刚刚长牙的小宝宝用手指掐着,有些愉悦,有些痒痒的,但时不时又会被狠掐一下,力度令人吃惊,疼得人眼角泛泪。只不过,这个小宝宝的指甲并不锋利,即使被狠狠地掐了,也不会出血。

这个纸箱用布胶带封着口。其他箱子并没有如此。智子将它拉出来时感觉箱子格外稳当,不像装着形状各异的杂物,更像严丝合缝地装满了类似于书那样形状规则、棱角分明的物品。而且相当沉重。

攒了十二年的灰尘丝丝缕缕地附着在胶带边缘。开箱之前，智子先拿来吸尘器清理掉了箱子上日积月累的灰尘。即便如此，当她开始撕胶带时，鼻子还是止不住地发痒，打起了喷嚏。

打开纸箱后，最先映入眼帘的是一整面的黑。

这是什么东西？智子一时不明所以。她伸手碰触，发现那些是一个一个单独的小物体。它们整齐地排放着，向她展示着黑色的侧脊。智子搞明白这点时，终于恍然大悟。

"是录像带。"她情不自禁地嘀咕了一声。竟然有这么多。

智子拖着纸箱，经由走廊移动到客厅。到了开阔处，她将整箱录像带挨个拿出来，按取出的顺序从右向左排列。录像带在箱子里垒成两层，上层的录像带全都没有标签，大小也和智子熟悉的 VHS① 录像带尺寸相同，而下层最里面则混杂了不少小尺寸的录像带。对了，是 Beta 录像带。

除尺寸外，这些录像带还有一处不同。上层的录像带有十五卷，没有一卷贴有标签，下层有十七卷（VHS 七卷，Beta 十卷），侧脊上全都贴着标签。

智子拿着最后取出的那卷 Beta 录像带，对准明亮的窗户端

---

① Video Home System，1976 年日本胜利公司开发的录像带。后文提及的 Beta 是 1975 年东芝和三洋电机开发的 Betamax 录像带。生产 Beta 的主要有索尼、东芝、三洋、富士通等公司，生产 VHS 的主要有日本胜利、松下、三菱电机、日立制作所等公司。两大阵营为抢占家庭录像带市场曾展开一场大名鼎鼎的"录像带大战"，后以 VHS 获得胜利告终。

详。只见标签的边缘微微翘起，上面的"索尼"商标已经褪了色，另有纤细的手写体写着一行小字：1977.8.12 ～ 8.13。

智子又查看了其他贴着标签的录像带，无一例外都用相同的笔迹写着不同的日期。但日期杂乱无章，彼此毫无关联。

这是什么？拍了什么内容？

不巧的是，智子手边没有 Beta 规格的录像机。所以她暂时搁置那十卷 Beta 录像带，从 VHS 录像带中挑出一卷，跑回有电视机和录像机的餐室。

这卷录像带的标签上写着"1979.4 ～"。智子将录像带推进录像机，按下播放键。她正担心这台老机子还能不能正常运作时，就见影像赫然出现在屏幕上。

影像的对焦不准，画面也不稳定。即便如此，智子还是明白了屏幕上播的是什么。

这，是我啊。

一九七九年四月，六岁时的智子。

仍是在这栋房子里。智子坐在厨房的椅子上。这张椅子在很久以前就因为椅腿松动得厉害，被当成大型垃圾丢掉了。六岁的智子坐在上面，晃动着双腿。她穿着红色的无袖连衣裙和白色的罩衫，右腿膝盖上有一块很大的疮痂。她头发及肩，用红色的宽发箍固定着垂在额前的刘海。

而且——智子一副快要哭出来的样子。

她的眼睛红红的，吸着鼻子，看样子想从椅子上下来。是挨骂了吗？

这时，画面外传来了声音。

"智子，别哭。很快就会好起来的，很快很快。一直都是，对不对？只要说出来，马上就会好起来的。"

今年二十一岁的智子在录像前微张开嘴，条件反射般地抓起遥控器，按下了暂停键。画面静止了。

那是，妈妈的声音。

智子连妈妈的脸都不记得。对妈妈的记忆，已伴随着事故的冲击消失了，宛如打开浴室窗户后瞬间消弭的水汽一般，不留一丝痕迹。即便如此，她此刻还是知道——那是妈妈的声音。

"不哭哦，智子是乖孩子。"

录像中，妈妈的声音仍在继续，像在哄劝，又像在安抚。六岁的智子冲那声音点着头，眼角却还是扑簌簌地落下泪来。

"好疼哦。"一声嘟囔从智子小小的嘴巴里冒了出来。她抬起胖乎乎的右手，按在自己的太阳穴旁。

六岁的我在哭诉头疼。而妈妈拍摄着那样的我，同时打算让我说些什么。

这到底是怎么回事？智子出神地盯着画面。画面没有变，对话还在继续。

"是呢，老是疼，好讨厌哦。"妈妈说，"但是，只要说出来再睡个午觉就好了,对不对?"

听了妈妈的话,小智子再度点点头。

"就连可怕的梦也不可怕了,对不对?一直都是这样,对吧?"

"嗯。"

"那你就告诉妈妈,你做了什么梦?"

这时,只见什么东西从画面上一闪而过,应该是妈妈的手。

"看那边,爸爸不是拿着摄像机吗?你就朝着那边,像平时那样做,好吗?来,加油!"

"这边哦,智子!"这一次有男人的声音回应道,"看这边!"

啊啊,是爸爸的声音。

智子紧握着录像机的遥控器,视线一刻也无法从年幼的自己身上挪开。二十一岁的智子恍然意识到眼泪正顺着脸颊流淌。温热的泪珠滑过脸庞,滴落在手背上变得冰凉。

爸爸在用摄像机拍摄六岁时的我。妈妈在旁鼓励我,要我说话。

爸爸和妈妈,在录像带里。

"小智呢,"录像带中的智子和正在观看录像的智子一样,被泪水打湿了脸庞,"做了一个梦。"

"什么样的梦呢?"妈妈的声音。

"嗯……哆啦 A 梦的梦。"

"是吗,是哆啦 A 梦啊。"

在这里，妈妈轻声笑了。正在拍摄的爸爸似乎也笑了，画面轻微地晃了晃。

"是和哆啦 A 梦一起玩吗？"

"没和我玩。"

"这样啊。那哆啦 A 梦在哪里呀？"

"在电视机里面，大雄也在。"

"这么说不是可怕的梦咯？"

"不可怕。我呢，在和小美一起看《哆啦 A 梦》。"

说着，六岁的智子坐在椅子上轻轻摇晃身体，笨拙地唱起歌来。说是唱歌，其实也就是在说话的腔调上稍微加了点儿节奏而已。

屏幕前，长大成人的智子情不自禁地微张开嘴。这首歌她是知道的。她虽然已是二十一岁的成年人，但如果在换台时，碰上那个身体圆滚滚的可爱机器猫的动画片，仍会停下手中的遥控器——这周，哆啦 A 梦会从口袋里掏出什么样的秘密来呢——哪怕只有两三分钟，她也会怀着好奇看得津津有味。而那部动画片的主题曲，她也能哼上几句。

六岁的智子在录像中哭丧着脸唱出来的，正是那首歌。

"是吗，今天做了这样的梦啊。"

画面外，再次传来妈妈的声音。

"那智子和妈妈一起去睡会儿午觉好不好？睡醒头就不

疼啦!"

六岁的智子从椅子上滑下来,伸出手跟来到身边的妈妈要抱抱。靠近镜头时,看得出她那小小的脸蛋异常苍白,甚至能看到太阳穴周围的血管突突地抽动着。

身穿格子裙、围着牛仔布围裙的妈妈弯下腰,抱起智子。可惜画面中看不见她的脸。两人离开后,爸爸手中的摄像机不再对着空掉的椅子,而是移动到了旁边的桌子上。这张桌子至今仍在家中使用,只有上面铺着的塑料桌布变了。

爸爸的摄像机镜头慢慢凑近叠放在桌上的报纸。《朝日新闻》。家里一直只订这一份报纸。

是早报。爸爸没有把镜头对准版面上的标题或照片,而是直接给了印在栏外的发行日期一个特写。

"1978 年(昭和 53 年)9 月 20 日。"

画面在这里中断。智子急忙倒带,再度确认了报纸上的日期。没错,是一九七八年。

这么说,录像中的智子并非六岁,而是五岁。

智子取出录像带确认标签,上面的确写着"1979.4 ～",和摄影日期相差了半年多。为了明示拍摄日期特地拍了当天的报纸,为什么又要在标签上写上一个相差半年、毫无关系的日期?

不,还不仅如此。让哭诉着头疼的五岁幼童坐在摄像机镜头前叙述刚做的梦,安抚她只要说出来头就不疼了,并将这一切记录下来——这事本身就透着古怪，哪家寻常父母会这么做？

智子返回装着录像带的箱子处，带着两手能抱下的 VHS 录像带回到电视机前。她确认标签后，选了卷有日期的带子塞进录像机。

这一次，智子仍然坐在厨房的椅子上。她穿着手工编织的白毛衣和膝盖上有可爱刺绣贴的裤子。短发，额前的刘海被修剪得齐刷刷的。

和在上一卷录像带中出现的模样相比，这一次她更年幼了，可能才三岁左右。

"小智，看这里。"画面中传来了妈妈的声音。这次似乎是由妈妈拿着摄像机，边和智子说话边拍摄的。

画面中，智子的脸色苍白如蜡，眼周还有普通孩子没有的黑眼圈。她一直吮吸着右手的大拇指，同时慌乱地频频眨眼。

"小智，很快就结束了。跟妈妈说说好吗？昨晚睡觉觉时，做了什么梦？"

情形和之前相同：看起来身体不适的智子，和安抚着她并让她"说出来"的妈妈。

"好臭好臭的。"智子说。

"闻到了臭味吗？"

"黑咕隆咚的，而且呢，轰隆一下，响起了好大的声音！小智好害怕，就哭了。哇啊哇啊，有好多好多人在哭。"

妈妈的手晃了一下，画面也跟着抖动起来。

"是吗，好可怕的梦哦。那你还记得这黑咕隆咚的地方是什么样的地方吗？"

不知是不是心理作用，妈妈的声音听着比说起哆啦A梦时要严肃。是错觉吗？

"很黑啊。"

"一直很黑吗？"

"不知道。"

"人很多吗？"

"……嗯，很多很多。"

"那里有玩具店什么的吗？是小智认识的地方吗？"

"不知道！"

"从来没有去过吗？"

"不知道，我看不清嘛！不过，有电车哦。"

"咦？是车站吗？"

"车站？"

"我们去广田伯母家时，不是坐电车了吗？坐电车的地方就叫作车站哦，是不是类似那个地方？"

"电车停着。新干线也是。小智超喜欢新干线的！妈妈，我们下次再去吃新干线的饭饭吧。"

"嗯，去吃。"

之后，妈妈又费了很多口舌询问智子"梦"的内容，然而智子的回答来来回回都是同样的东西，大约十分钟后，录像带的内容结束了。这一次，镜头直接从智子身上移向了桌上的报纸。

"1976 年（昭和 51 年）3 月 25 日。"

可是，写在这卷录像带标签上的日期是"1980.8.16"。相差了四年。

智子逐一取出录像带，放进录像机里播放。每卷带子中都出现了坐在椅子上、脸色苍白的智子。只是录像中，智子年龄各异，季节混乱，所穿的衣服也各式各样。但毫无例外的是，她的身体状况看上去很不好，大部分情况下都泫然欲泣、惊恐万状。

拍摄者有时是妈妈，有时是爸爸，也有两人一同和智子对话的情形。他们似乎也定下了固定的拍摄模式，影像结束前，总是会给当天报纸的日期一个特写，除智子外，画面中没有出现过其他人的脸。

如此煞费苦心准确记录下来的拍摄日期和写在录像带标签上的年月日总是大相径庭。无一例外。

只不过，经手的录像带一多，智子发现贴在录像带盒子正面的标签上写有序号。就连侧脊上没有贴标签的录像带，盒子的正面标签上也都编了号。智子快进着确认了二十二卷 VHS 录像带中的拍摄日期，发现写在正面标签上的序号，正是按照拍摄日期来排序的。VHS 录像带上的序号是从十一号到三十二号，她又查看了 Beta 录像带，盒子的正面标签上同样写有序号，刚好是一号到十号。

也就是说，为了拍摄这奇特的"智子记录"，父母先用 Betamax 拍了十卷录像带，然后换成了 VHS 式摄像机。

可这又意味着什么呢？

这些影像记录的到底是什么？奶奶知道它们的存在吗？说起来，奶奶从不曾出现在录像中……

智子将录像带随意地丢在身旁，叹了口气。她拂去粘在头发上的灰尘，在只有自己的家中轻轻地笑出了声。

我的父母，难不成是怪胎吗？

也不知是不是错觉，智子感到有些头疼。她关掉录像机的电源，站起身来。

04

第二天，智子下班时顺路去了站前商业大街。入口附近有家挺大的录像店，她记得那儿有将 Beta 录像带转录成 VHS 录像带的服务。

智子向店员打听到转录费用和普通的复制费用相同。她回家取录像带时，发现答录电话机的留言录音灯闪烁着红光。祖母过世后，智子最先做的就是买了这台答录电话机装上。她当时还感慨，原来所谓的独居，就是将此前仰仗家人的事转为托付给机器。祖母的耳朵不背，不过因为脱离社会生活，转述电话内容或传达口信时总会犯点儿小错。尽管如此，当智子看到那闪烁的红灯时，还是分外怀念祖母的声音——"哦对了……有个谁谁打来电话……"

电话是逸子打来的，留言说房子在公司挂出去后已有人问询。智子打回去，逸子在公司。

"可能您会觉得反应来得太快，反而心里不踏实，不过不动产买卖讲究缘分，这种事也不算稀奇。对方对麻生小姐的土地很感兴趣，开出的条件相当不错。我想和您见面详谈，不知什么时间方便？"

"我都行。"

于是逸子提出共进晚餐。

"令爱呢？她一个人吃饭能行吗？"

逸子笑了："家里还有外公外婆呢。"

智子也笑了，指定了一家位于站前商业大街的店。挂掉电话后，她不禁想到了不知道名字和长相的逸子的女儿。那孩子也是由外婆代替忙碌的母亲抚养长大的——她会像我一样，成为跟外婆最亲近的孩子吗？

等到撤下餐盘，喝起饭后咖啡时，逸子的说明也差不多结束了。智子感到逸子带来的这笔交易释放出令人神清气爽的芳香，伴随着咖啡的香味萦绕在鼻尖。

对方并非个人，而是一家由两名注册会计师共同经营的会计师事务所。他们打算买下麻生家的土地，建一栋小巧舒适的办公楼，好将从电脑到账簿再到其他所有的一切都一股脑儿移过来。他们租来的事务所现在已经快塞不下了。

"只要这世上还有法人和税金的存在，会计师就是稳赚不赔的买卖。"逸子笑着说，"既然是金钱方面的专家，我想他们在取得银行贷款方面自然也会处于相当有利的位置。您意下如何？"

智子点头示意她放手去干："麻烦您继续交涉。"

"那我就让对方提交认购申请书了。"逸子露出满足的神情，捻灭手中细长的香烟。智子还是第一次看到她抽烟。

"虽然须藤小姐叫我慢慢来，不过现在看来，还好我一直在收拾房子。"

"哎呀，真的慢慢来就行。往后在价格上还有的谈呢，而且最关键的是，在麻生小姐确定新住处之前，房子是不用交付给对方的。这是条件。"

智子端起咖啡杯送至唇边，逸子的话有一半都从她耳旁飘过，她的思绪已从收拾房子转移到那些录像带上了。

"所以真的不用着急。"

听逸子这么一说,智子蓦然抬眼。只见逸子微笑着,像在劝解她。

"残留的记忆令人痛苦,所以也有人搬走是为了逃离发生过不幸的家。不过麻生小姐不像是那种性格,请不要勉强自己。"

智子赶紧摇摇头:"不,不是那么回事。收拾进展得很顺利,我也没有在纸箱的包围下天天以泪洗面。只不过,我发现了一些年代久远的东西,有些摸不着头脑。"

第一次,逸子的眼睛因为她个人的好奇心而闪闪发光:"古董?"

智子哑然失笑:"怎么可能!是录像带,而且拍的是小时候的我。"

"哎呀呀,是家庭录像啊。"逸子的眼神中流露出一丝对往昔的怀念,"女儿刚出生那会儿,我也拍了不少呢……不,确切地说,不是我而是前夫拍的。我对那类玩意儿完全没辙。顺带一提,我父母也没有那方面的才能。今年的春季运动会上,女儿被选为接力赛选手,我们特激动,所以买了摄像机带去拍,却怎么都搞不懂拍摄方法。"

"那令爱的英姿没被拍下来?"

"拍得最多的是天空。"逸子窃笑起来,"说起我家那个老爹,竟然把摄像机镜头上下给拿颠倒了。再加上他上了年纪腿脚不利索,经常颤颤悠悠的,这边拍拍,那边拍拍。之后在家里的电视机上一放，没等看上十分钟，我们全家都跟晕了船似的。"

这些画面仿佛浮现在眼前，智子也忍俊不禁。同时她又想到，是啊，所谓的家庭录像，就应该是为了记录这类活动而存在的。

假如留在储藏室的那些录像带，拍摄的是蹒跚学步的智子，或是去参加幼儿园入学仪式时的智子和父母，就一点儿也不古怪了。如果画面上出现的是在运动会上跑了最后一名，又不幸跌了一跤，正在哭鼻子的小小智子的身影，同时，充当摄影师的爸爸自言自语地冒出一句"这孩子随我，腿脚慢"，那多有趣啊。如果是这种影像记录，想必智子会追寻着已从自己脑海中消失的父母的身影，一遍又一遍地反复播放到录像带磨损为止，她会沉浸在影像中，眼中噙满泪水。

然而它们不属于那一类型的录像。虽然只播放了一小部分，但有一点智子心知肚明，它们绝不是"正常的"孩童成长记录。

"怎么了？"

逸子隔着宽大的桌子，微微向前探身，凝视着智子的脸。

智子慌忙放松表情："抱歉，我在想那些录像带。"

"有什么不对劲吗？"逸子语气轻松地问，"比如和不记得养过的狗一起出镜……"

话没说完，逸子就赶紧把后半句咽了回去："对不起，我忘了麻生小姐没有孩提时的记忆……"

"没事，不用在意。"智子向面露窘迫的逸子问道，"能给我一支烟吗？"

逸子将整包烟递了过来："请便。原来您也抽烟，真开心。"

"其实我很少抽。"

逸子用细长的金色打火机为智子点上火。因为不想咳嗽带来尴尬，所以智子慢吞吞地吸入带有薄荷香味的烟，同时慎重地开了口："在某段录像里，我唱着《哆啦A梦》的歌。"

"难道不是因为，麻生小姐的童年，刚好经历了《哆啦A梦》电视动画的开播吗？"

"是这样吗？"

智子随口哼了一段小时候的自己在录像中唱的主题曲给逸子听。

"对对，就是这首歌。"逸子微笑着，"以这首歌开头的动画版《哆啦A梦》是……呃，什么时候开播的来着？"

"须藤小姐很了解这些？"

"不不，一点也不。不过前阵子不是很流行各种揭秘漫画和剧画①的书吗？《矶野家②之谜》什么的。其中也包括《哆啦A梦》

---

① 二十世纪六十年代至七十年代在日本兴起的一种漫画形式。剧画概念最早由漫画家辰巳嘉裕在一九五八年提出，出于对漫画少儿化的不满，呼吁创作"严肃的、强调剧情的写实性，以青年以上年龄层读者为导向的作品"。剧画虽然在漫画史上昙花一现，但其现实主义绘画风格与对人性阴暗面的刻画被之后的青年漫画吸收。

② 指日本漫画《海螺小姐》中的主角一家，作者长谷川町子。其动画版是日本最长寿的电视动画。

的揭秘书。我女儿买来一本,我也跟着随便翻了翻……到底是什么时候来着? 最近记忆力衰退得厉害。"

这回轮到智子探出了身子:"能劳烦您告诉我吗? "

"咦? "

"如果书店还开着,我回去时就会自己买一本查查看。可这个点儿书店早关了,而您回到家后,就能知道了吧? "

逸子眨巴着眼睛:"这好办。不过,是那么要紧的事吗? "

"算不上要紧啦。真的。只是我这个人性子急而已。"

逸子仍一脸讶异。智子将不知不觉间已变得很短的香烟丢进烟灰缸,在这个动作的掩饰下,她从逸子身上挪开了视线。

五岁的智子唱着《哆啦 A 梦》的歌。记录着这一情形的录像带,其拍摄日期和写在标签上的日期并不相同。一想到这点,她突然有种感觉,确认《哆啦 A 梦》电视动画的首播日期非常重要。

智子回到家三十分钟后,逸子打来了电话。在等待期间,智子反复播放着那卷录像带。电话响起时,画面正放到五岁的自己脸色苍白地晃动着身体,唱着《哆啦 A 梦》的歌。她将画面暂停,接起了电话。

"久等了,"逸子的声音里依然带着些许困惑,"很容易就查到了,就登在基本资料页上。"

"谢谢。"智子瞥着因暂停而变得有些模糊的画面问道,"是什么时候?"

逸子回答:"麻生小姐唱给我听的主题歌,属于昭和五十四年四月起播出的那版《哆啦A梦》动画。"

"昭和五十四年……"

"对,一九七九年[1]。"

昭和五十四年,一九七九年四月。智子记得这个数字。

她将听筒搁在电话旁,用遥控器停止播放,取出录像带。

随着"咔嚓"一声,录像带滑进智子手中。其侧脊的标签上写着: 1979.4 ～

拍这卷录像带时,智子五岁,她提前半年就唱出了翌年四月才在电视上播出的动画片《哆啦A梦》的主题歌。记录下这一切的父母显然知道这点,才在录像带的标签上写下了"1979.4 ～"这个日期……

"喂喂?"

逸子在电话那头呼唤着。智子从片刻的恍惚中回过神来,唐突而生硬地用极快的语速向逸子道了谢,随即挂断电话,匆忙跑上二楼。

在二楼贞子的房间,有一个式样老旧却很结实的玻璃门书

---

[1] 此处是指第二版《哆啦A梦》电视版动画的播出时间,即大家最为熟知的朝日电视台版本。

柜。书柜中大部分是已故祖父留下的小说，但智子想起某样东西也在其中。

书籍虽重，但整理起来相对容易，所以书柜还没被动过。智子很快就找到了自己想找的那本沉甸甸的厚书。

书脊上用粗体写着书名"昭和史全记录"。昭和天皇殁后，贞子作为熬过那个动荡时代的人，出于特有的情怀，去书店买来了这本书。

还挺叫人怀念的。

贞子偶尔会哗哗地翻着这本书，发出如此感叹。

智子单手拿着厚重的书跑下楼。昨天播放的，还有另一卷录像带。

好臭好臭的。

轰隆一下，响起了好大的声音！有好多好多人在哭。

那卷录像带的拍摄时间是一九七六年三月二十五日。当时智子三岁。但录像带标签上的年月日是"1980.8.16"。

智子匆忙翻开《昭和史全记录》，一九八〇年八月十六日那天发生了什么吗？如果有，究竟是什么？

智子手指颤抖着翻开那一页。在小段排列的文章中，一个黑体标题如此写道：

国铁·静冈站地下街煤气爆炸

这是一起造成十四人死亡、两百人不同程度受伤的惨烈事故。

电车停着。新干线也是。

事故地点是静冈站的地下街。静冈站是有新干线运营的车站。

很黑啊。

录像中时年三岁的智子,说中了四年后发生的静冈站地下街煤气爆炸事故。而且,拍摄录像带的父母也对此心知肚明。

所以他们才留下了记录。

像是被兜头浇下一盆冷水,智子的双臂起了鸡皮疙瘩。

05

将录像带交出去五天后,商业大街的那家录像店打来了电话,说转录已经完成了。智子顶着寒风向站前走去,为了避免与路上行人有眼神接触,她一直埋着头。

取到录像带后付款时,店员向智子搭话:"这位客人,您竟然保存着这么多老式录像带。"

店员是个年轻男人,下巴上长着稀稀落落的胡茬儿。他略显纳闷地皱着眉:"我们店很久都没做过 Beta 录像带的转录了。"

"哦,这样啊。多亏有你们帮忙。"

智子挤出和气的微笑,提起装着录像带的沉重纸袋。她离开柜台走向出口,踏出自动门来到店外。整个过程中,她都感觉到店员不死心的视线在她身后紧追不舍。

这家店规模有限,顶多也就两三名店员。说不定负责转录智子录像带的就是那个店员。也许他对年轻女人拿来的大量录像带感到好奇,在转录时偷看了内容。

然后,然后……他会猜测那到底是什么吗?

但凡看过,就很难不感到诡异。录像带中全是幼女哭丧着脸的特写镜头,没完没了,还净说些让人摸不着头脑的话。虽然看得出来拍摄者是父母,但在第三者的眼中,说不定正因为是父母拍摄的,才更显异常。

因此那个店员才会露出想要一探究竟的表情。要是找到机会,他可能会问:客人,那是什么啊?为什么那个小女孩一直在哭?拍摄录像的人到底想对那个孩子做什么?

从他刚才的眼神看,他差点儿就要这么问了。虽然不甚明显,但智子依然觉察到那眼神里包含着与好奇心同等程度的厌恶……

智子逃也似的快步走着,没被抛出的质问在她的想象中逐渐膨胀。一阵寒风吹过站前熙熙攘攘的人群,与此同时,智子猛地一个转身,往录像店跑去。店员也好,这周围所有的行人也好,她想要明白无误地告诉他们:录像带里的人是我,我的父母拍下了儿时的我,为了做记录,为了留下证据。

知道这是为什么吗？因为在八岁那年遭遇交通事故之前，在头部因受到重击而失去了那个能力之前，我曾是全日本——不，恐怕是全世界最年幼的预知能力者。

此时此刻，智子已将其视为无法逃避的事实而深信不疑。

在过去五天里，智子已将留在手边的二十二卷 VHS 录像带反复看了又看，进行了彻查。

她以需要善后的事情太多为由向公司请了长假。这样下去可能会发展到辞职的地步，不过她也无所谓。对现在的智子而言，再没有比查明自己的过去更重要的事了。在没有知晓一切之前，她觉得自己已无法再迈向外面的世界。

她根据父母写在标签上的日期，借助年代表和报纸的缩印版按图索骥，调查符合幼年智子呓语的现实事件，发现它们全都在标签上所写的那一天发生了。其中大半是社会事件、意外事故以及自然灾害。昭和五十三年六月的宫城县海域地震、五十八年二月造成十一人死亡的山形·藏王观光酒店火灾……

也有几卷录像带的标签上，父母什么也没写，智子补上了日期。还是这类内容，包括昭和六十四年一月昭和天皇驾崩，以及昭和六十年八月的日航 123 号班机空难事件等。智子在这些录像带的标签上填上日期，做好记录。然后，她会不由自主地想象，那些堆在身旁、标签仍为空白的录像带中，自己所说的事件或变故,究竟会在何时、以何种形式发生。

它们支离破碎,全都毫无要领,且无线索可循。她几乎从未明确地说出过地名和人名,因为梦境是以孩子的认知和语言来叙述的,这个事实虽然无奈却也令人焦躁。比诺查丹玛斯[①]的预言还难捉摸——想到这里,智子的脸上不自觉漾出微笑。但笑容转瞬即逝,唯有白色标签上凄冷的空白还留在那里。

正因为如此,一旦极其偶然地在录像带中遇到预知了麻生家小事件的内容,智子内心便会松弛下来,变得暖洋洋的。这种内容的数量很少,但也并非没有。

比如有一次,五岁的智子坐在那张厨房椅子上,依旧摆出哭脸,一边揉眼睛,一边嘟嘟囔囔地说自己又做梦了。

"就是,孝子姨妈穿着红礼服。好像笑眯眯的。她和一个穿雪白衣服的叔叔手拉着手。"

孝子是智子妈妈的妹妹,比妈妈小三岁。她在智子七岁那年的春天结了婚。

录像中的父母似乎也很快意识到,这是关于孝子婚事的预言。他们一边安抚智子,一边用相对开朗的语气问了些问题,比如"孝子姨妈好看吗?""和她在一起的叔叔长什么样儿?"等等。除此之外,还录到了妈妈对爸爸说的话。

---

① Nostradamus,法国籍犹太裔预言家,精通希伯来文和希腊文,留下以四行诗写成的预言集《百诗集》(*Les Propheties*)。

"孝子的红礼服是换下婚纱后穿的,那么新郎穿的应该是白色晚宴服喽。"

"不知会是什么时候。"也能听得到爸爸的回应。

这时小智子又接着说:"那个叔叔戴着帽子。"

父母饶有兴味又有些吃惊地继续交谈。

"帽子?新郎会在婚礼上戴帽子?"

"不知道……可能也有这样安排的吧。"

"是吗?"

"还是说……对了,说不定孝子是跟自卫队队员结婚呢。"

爸爸困惑地"嗯"了一声,嘀咕道:"真是孝子的婚事吗?"妈妈说了句什么,这时智子因父母把自己撇在一边只顾说话而焦躁地哭了起来,说自己头疼。妈妈慌忙跑去抱起她,离开了画面。爸爸拍完当日的报纸日期后,那卷带子就结束了。画面中的日期确实是孝子姨妈结婚的两年多前。

戴帽子的新郎真正的身份,现在的智子自然是知道的。成为孝子姨妈伴侣的男性是任职于商船公司的一级海员。所以婚宴时换下结婚礼服后,他才会穿上制服、戴上海员帽。而姨妈确实身着红礼服,脸上洋溢着幸福的笑容。

不用说,婚礼的事并不存在于智子的记忆中,因为它也随事故一同消失了。不过,智子多次从祖母贞子那儿听说过姨妈在婚礼上的打扮,以及姨父穿着制服威风凛凛的样子;而且父母还参加了婚礼,留下了照片,所以智子知道这一切都符合录像中儿时的自己所叙述的梦境。

因为姨父工作的关系,姨妈夫妇如今在国外生活。他们住在伦敦郊外一个在电影和小说中从不曾听闻的小镇上。即使如此,姨妈还是赶来参加了贞子的葬礼。葬礼前后,姨妈一直保护着智子,帮她应付贞子指手画脚的兄弟,以及麻生家的各路远亲。

如果告诉孝子姨妈,自己发现了这样的过去,不知她会做何反应。姨妈,我在你结婚的两年前,就知道你会选择什么样的人了。就连你会穿什么颜色的礼服我都知道。我拥有过那样的能力。

但是,就在预知了这件事的三年后,我失去了能力,同时也失去了过去的一切。我记得那时我困于病房之中,连父母的葬礼也未能出席。姨妈的手紧紧握着我,十分温暖。我也记得出院那天,姨父将我从轮椅抱到车上时,他的西服上散发着淡淡的樟脑丸味。这些事我明明全都记得,却在时至今日之前、在发现这些录像带之前,全然不知儿时的自己拥有过那样的能力。

姨妈听了一定会震惊不已,那张自年轻时起就未曾变过的和善的圆脸上,一定会浮现出困惑的神情,她恐怕首先会这样说:可是智子啊,如果你拥有过那种能力,为什么麻生奶奶没有早点儿告诉你呢?

是啊——想到这里，智子思绪的齿轮停住了。

贞子不会不知情。毕竟自智子出生起，她们就一直生活在同一屋檐下。如此数量的影像，不可能在贞子全然不知的状态下记录下来。贞子是知道的。她故意保持了沉默，还藏起了录像带，藏得死死的。

为什么？

无须苦想，答案显而易见。

因为贞子心怀恐惧。她害怕智子所拥有的能力。或许还有同等程度的厌恶，就像录像店店员眼神中流露出的那种。或者，可能还要更强烈、更彻底。

你们要让智子做什么？

你们让智子做这种事是想干什么？

"我们没有强迫她。"爸爸的回应仿佛在耳边响起。当时，父母和贞子肯定无数次针锋相对，他们的对话浮现在智子的脑海。

"这是智子所拥有的能力。她会梦见未来。而且那些梦，对这孩子来说非常可怕。不追问出来，这孩子说不定会精神失常的。"

"可是，她一直在哭啊。"

"那是因为一做这种梦，她就会头疼。等我们问出内容让她平静下来后，疼痛也会消失。所以，若是置之不理，这孩子反而更可怜。"

"婆婆，让我们做吧。"

"太残忍了，我看不下去啊。"

"我们又何尝不是同样的心情。为什么这孩子生来就拥有这种能力……"

那时，年幼的智子是否曾察觉到了，祖母和父母因为自己而争执不休呢？

还只是个孩子……

应该什么都不知道吧。长大成人的智子想。还是个小孩子的我，甚至连自己有什么样的能力、在做的事有多么异常都完全意识不到吧。

贞子一定觉得智子可怜。智子熟悉的贞子就是这样的人。可……

这么一来，又出现了另外的疑问。

智子已经失去了那个能力，甚至一点儿也不记得自己拥有过那样的能力。一切都消泯了。既然如此，贞子为何继续隐瞒了这件事十二年？往事已矣。面对已长大成人的智子，成熟到足以面对过去的智子，贞子为什么依然没有挑明？

录像带还在，被好好保管着，所以是有证据的。不用担心会被智子当作无稽之谈一笑了之。既然如此，说出来也没什么，毕竟都已经结束了。这一点实在奇怪。

而且，仔细想想，这件事本身就是矛盾的。贞子如此守口如瓶，为什么没有干脆销毁作为证据存在的录像带，而是妥善保管起来了呢？

不过，昨晚智子重看录像带、进行整理的时候，这个谜题就已经解开了。当时，智子想起了贞子的脾性——她是个非常讨厌丢掉录像带和磁带这类物品的人。

没错。曾有一次，智子打算将几卷录着电视剧和电视台放送电影的录像带当作分类垃圾丢掉，贞子就显得很不乐意。

"反复录过太多次，画质变得很差，已经没法用了！留着干吗呀！"

"谁知道会不会被人捡去看。这种东西丢出去成何体统！"

"没有人会看啦。"

"你哪会知道！"

"可就算被看了，也不丢人啊……"

因为不知道会不会被人捡去。

因为不知道会不会被人看到。

抱着这样的想法，自然也就无法丢掉那几十卷录像带，更何况内容还如此可疑。烧掉也不可行，祖母能做的只有小心翼翼地将录像带藏在家中，一直藏得死死的，就连藏起录像带这件事都无法让智子知道。

因为她是那么害怕，那么担心。

唯恐智子知晓自己的过去。

贞子之所以继续严守秘密，是因为她认为，纵然昔日之事已逝，但智子一旦知晓仍会受到极大的伤害。

到底是什么事？

想到这里，智子只觉得心脏狂跳不止。她感到两颊发冷，握住录像机遥控器的手变得汗涔涔的。

难道我……预知了自己父母的死亡吗？并且，这一幕就记录在某卷录像带中？

智子越想越确信。我肯定是梦见了，梦见了父母的死亡。就像预知了姨妈的婚事一样，就像预知了和自己毫无关系的静冈站煤气爆炸一样。

不过，说是预言，充其量也只是幼儿的童言童语。若没有解释，恐怕很难说清它到底关于什么、意味着什么，只是显得莫名其妙吧。想必智子父母也是在符合智子所说内容的事件实际发生之后，才知道她的话意味着什么。所以等到事件发生，他们才会选择在相应录像带的侧脊标签上写下日期。不，应该说，那是他们唯一能做的。

事发后才能验证的预知能力者，这就是儿时的智子。而就是这样一个孩子，在不明白自己说了什么的情况下，预知了带走父母的那场交通事故。父母对智子的话也并不完全理解，只是留下了记录。直到事故发生，双双毙命——

面对这种情况，和孙女相依为命的贞子该怎么做？

当然是隐瞒下去，只字不提。就算是对长大成人、已经失去能力的智子也绝不能坦白。你事先就知道爸爸妈妈会死于事故，可是——

可是无法阻止，无法避免，也无法拯救他们。这些话，贞子如何说得出口？

在手边的 VHS 录像带中，智子没有发现自己说出像是暗示父母之死的内容。智子的"预知梦"并不遵循时间顺序，而是来回跳跃，无规律地随机出现。既然不在 VHS 录像带中，那就应该是在 Beta 录像带中。

把它找出来吧，反正都走到了这一步，不会再逃跑了。

下定决心后，智子拿出一卷转录好的 Beta 录像带。序号一。

就像响应智子心中的悸动般，一阵夜风吹过，晃动了老房子的木制窗框。风卷着树叶，拍打在窗玻璃上，发出脆响。

智子蓦然想到了贞子，想起她一到冬天就手拿扫帚打扫庭中落叶的身影。

若是现在回过头去，透过深蓝夜色中的窗玻璃，说不定会看到穿着白围裙的贞子拿着扫帚站在窗外。也许敲打玻璃的不是树叶，而是贞子的手指。她叩着窗户，吸引智子的注意。看这边，智子，看着我。现在还不算迟，不要看那种东西。我将它们藏了那么久，都是为了你啊，智子。为了令你远离伤悲。

然而，智子在透过缝隙漏进来的风里瑟瑟发抖，终究没有回头。

06

智子整天把自己关在家里，不停歇地看着录像，就连吃饭、洗澡甚至偶尔的睡眠都觉得麻烦。每卷录像带都很短，很多内容光是浏览一遍根本不知所云。她颠来倒去地看，绷紧神经盯着画面，竖起耳朵聆听声音。

比起留存在 VHS 录像带中的记录，"解读"小智子在 Beta 录像带中说的话要花上数倍的精力和时间。想来也理所当然，Beta 录像带中的智子比 VHS 录像带里的更年幼。惊人的是，在最早的记录中，智子看起来至多只有两岁。

偶尔，智子会放松一下疲劳的双眼，揉揉脸。与此同时，她会想象父母初次意识到小智子拥有这种能力时的惊愕，以及随之而来的辛苦。若这能力与生俱来，那么在尚不具备语言表达能力的时候，自己会是个多么让人费心的小婴儿啊。每次做了古怪的梦后，小婴儿势必会为了"表达"头疼而号啕大哭。年轻的妈妈抱着哭闹的我，在不明白原因的情况下该有多惊慌失措啊。

智子先将录像带通看了一遍。接着在笔记本上逐一记录下画面中小智子的话语、动作，以及父母说的话。全部结束后，为了保证记录的准确性，她还会再看一遍进行检查。

当须藤逸子打来电话，说将带着有意愿购买土地的客户登门时，智子已按照上述步骤检查完所有的 Beta 录像带，并做好了每卷录像带的详细记录。

有意愿购买土地的两位注册会计师来访后，便开始绕着宅地四周查看情况。等麻生家的餐室里只剩下两个人后，须藤逸子不无担心地说："您是不是瘦了些？"

智子与逸子的接触，还停留在上次见面后围绕"哆啦 A 梦"进行了奇特问答，以及智子单方面挂掉电话的时候。之后，智子除了自己的事，无暇顾及其他，直到现在和逸子再度见面，她才感到过意不去。

"收拾果然还是挺累的，不过并无大碍。"智子微笑着回答，"上回真是抱歉，让您破费了。"

逸子笑着表示没什么："等拿下这笔交易，我们再去吃更好吃的吧！到时候可要举杯庆贺哦！怎么样，那两位给人的印象还不错吧？"

"楼再小也是楼啊，怎么说也是要建自有楼的人，居然这么年轻，吓我一跳。"

"他们两位可都是业界高手呢。"

两位注册会计师看完一圈后，满面春风地回来了，他们都穿着全套三件式西服，工整地打着领带。智子冲了咖啡，两人喝得很香，开心地说着这一带的优点：交通便利，离邮局很近，还有大型文具店。

两人的年纪都还不到四十。虽然买下这块土地恐怕意味着他们俩都要背负高额贷款，但智子感觉不到他们有丝毫不安。虽然也有在卖主面前刻意表现的成分在，但他们对自己迄今的实绩和将来能够取得的业绩，必然也满怀相应的自信。智子不由得心生羡慕。

据说他们已经选定了施工方。也是出于预算上的考量，打算建一栋三层的钢结构办公楼。

当智子问他们是否都已拥有房产时，两人一齐笑了。

"我们都还在租公寓住。"

"今后打算建的办公楼说到底还是属于公司的，不能算作个人资产。"

逸子开玩笑地插嘴道："不过照这个趋势看，不久的将来，两位就会做出以各自拥有豪宅为目标的部署了吧？"

"哎呀，哪比得上须藤小姐呢。"

两人在爽朗的笑声中告辞，逸子走前趁机将智子叫到一旁，小声耳语道："接下来就要正式进行价格交涉了。对方很有意愿，所以您要坚定、积极地应对。"

智子一直将他们送到门外，目送两位前途无量的会计师坐上逸子开来的车离去。车刚转过街角，从视野中消失，智子便感到萎靡无力。

智子站在阳光下，抬头仰望着自己的家，在冷风和灿阳中眯起眼睛。

这里将会建起什么样的建筑呢？那两位会计师会在这里从事什么样的工作呢？在这个地方，又会展开什么样的未来呢？她心不在焉地想着。

总之无论哪一个问题，都已经和智子没有任何瓜葛了。

虽然没穿外套觉得有些冷，但智子并不想马上回到房子里去。她感到，和晴天里的碧空相比，家中实在是太晦暗了。而且等候在家里的东西，对自己的肩膀而言也太过沉重。

她如此投入，倾尽全力调查，却没能在 Beta 录像带中找到自己预言了父母之死的相关记录。

和调查 VHS 录像带时一样，有几卷的内容能够用预知了现实中发生的事故或现象来解释。但问题在于剩下的那些标签空白的录像带。无论她重复看多少遍，无论她看得多仔细，都找不到能够推测出撞车事故，以及由此造成双亲横死的只言片语。

是我过虑了吗？智子想。年幼的智子并非有意识地去看未来，只是在父母的催促下，叙述那些说来就来的梦境。也就是说，她对预知能力的使用既无法选择，也没有自我意识。

因此，实际上，比起她能够预知的事，她无法预知的事也许更多。即使是对孩子而言比自身死亡还要可怕的"父母之死"，倘若那反复无常的能力没能启动，她可能什么也不会梦见，对此一无所知。

只是……

直至今日，没有人对智子说起过那场事故的详情。可能大家都认为那关联着残忍的回忆。不幸中的万幸，智子失去了所有的记忆。既然如此，又何苦特意重揭伤疤呢？智子只从贞子口中听说过一星半点。那天是周日，天气晴好，父母带着智子去房总半岛兜风，当天来回。回程的公路很空旷，不知不觉超了速，爸爸驾驶失误导致了事故的发生。说起时，贞子总是悲伤地低眉垂目，对智子说："你爸爸呀，开车有那么一点点乱来，我总担心会出事。"智子见贞子这副模样，心里很不好受，也就放弃了追问事故详情。

所以，是因为我掌握的信息不足……

要是对事故情形和前因后果等细节了解得更为详细，说不定很快就能在录像中发现与其吻合的内容。现在可能仅仅是因为自己所知不详，才看漏了预知事故发生的录像。

或许孝子姨妈会多告诉我一些细节。想到这里，智子看了眼墙上的时钟，日本和伦敦的时差是多少来着？

姨妈的声音越过重洋传入耳中，触动了智子心中的思念。

明明电话本身传声清晰，通话效果和打市内电话别无二致，可是智子从第一声"喂"开始，就不自觉地提高了嗓门。姨妈也一样，当知道是智子从日本打来的电话后，便稍微提高了声调。智子指出后，两人都笑了起来。

"姨妈，你应该早就习惯国际长途了才对！"

"才没有呢。我家那位倒是经常在公司接来打去的。"

那之后过得如何？身体好吗？没什么烦心事吧？面对姨妈连珠炮似的追问，智子择言作答。在说到决定将房子卖掉、遇见了不错的买家，以及准备买间小公寓时，姨妈似乎松了口气，但得知不动产中介公司的社长是女性时，姨妈的声音突然有些不满。

"没问题吗？再怎么说，不动产买卖这种锱铢必较的事，交给女人不行吧！"

"这不是性别歧视吗？"

"就是不一样啊。等小智你长到姨妈这个年纪就会深有体会了。"

"须藤小姐没问题的。"智子笑着反驳。就连对话期间，她也在琢磨怎样才能将话题自然地引到父母的事上。

"我整理出来好多不得不处理掉的老物件。"她试着提了一句。

"相册之类的？"

"不是的，照片我可不想扔，要全部留下来。姨妈，你下次回来的时候可以看看，有想要的就拿走。"

"行呀，那我就不客气了。"

"对了，姨妈，"智子握紧听筒，"说到照片，我这次久违地端详了爸妈的模样。"

姨妈稍微停顿了一下，然后说："不会更难过吗？"

"那倒没有，只是觉得很怀念……可惜我并没有那时的记忆。"

"别那么想，好吗？你遭遇了那么严重的事故，足足昏迷了一周啊！能活下来就谢天谢地了。"

徘徊在生死边缘、陷入漫长睡眠的那段时间，从我身体里消失的可不仅仅是记忆啊，姨妈。智子险些脱口而出。她控制住自己，继续说："或许是因为看了照片吧，我想了很多很多，也包括那场事故。"

"那种事就别想了。想也无济于事，毕竟是很久以前的事，都已经过去十二年——差不多快十三年了。"

"嗯，但我还是不死心，想要试着去回忆。不过还是不行。"

"换个角度看，可能这样才是幸福的，智子。"

姨妈没有叫她"小智"，而是"智子"。这是姨妈改成说教口吻的前兆。再磨蹭下去，只怕话题就会被岔开了。

智子下定决心，直接问出了口："对了姨妈，你知道那场事故是怎么回事吗？"

姨妈沉默了片刻："什么'怎么回事'？"

"我只听说，爸爸超速行驶，转向时撞上了中央分隔带。"

"就是这么回事。"

"现场没有目击者吗？同在路上行驶的其他车辆没出事吗？"

"你在介意什么吗？"

"没什么。只是觉得，明明是夺走自己父母生命的事故，我却一无所知。"

智子本想尽量说得坦然些，看来失败了。姨妈默不作声，智子因这窘迫的沉默而感到难以呼吸，担心自己是不是惹恼了姨妈。因此她打算这么补充一句：我会想去了解这件事，恰恰证明我已经长大了啊，姨妈。

但在智子开口前，姨妈先发问了："关于那场事故，是不是有人对你说了什么？"

姨妈压低声音，语调完全不符合她开朗的性格。这是在问人安危时，或是打听重病患者的病情时，人有意识使用的语调，是只有在提问前就假设了可能会得到不好的答案时才会使用的语调。

关于那场事故，是不是有人对你说了什么？

这句话出乎智子的意料，她一时无法回应。姨妈却把这沉默当成了回答。她语速极快，近乎骂人似的说："因为举办奶奶的葬礼，麻生家的人都聚到一起了吧。这就是原因对吗？你偏在这时候突然问起此事，肯定是有人嚼舌头了！"

姨妈误会了，但就让她继续误会下去吧。说不定能就势问出真相。智子打定主意，回答道："嗯，说什么的都有，害我满脑子都是这事。"

在遥远的海之彼方，在智子尚未造访过的异乡小镇，姨妈深深地发出一声叹息。

"我本来也多少做了些心理准备。就知道那些话早晚会传进你的耳朵里。"

"……是吗？"

"那些都是没有根据的谣言，你可不能信以为真，知道了吗？警方都说是事故了。也许就是你爸爸疲劳驾驶，打了个瞌睡，所以才会以那种方式正面撞上分隔带。据说这类事故并不少见。"

智子握着听筒的手全是汗，她感到身体像在不断下沉，变得沉重不堪。

她意识到，自己知道姨妈所说的"没有根据""不能信以为真"是指什么，她很清楚，清楚得令自己感到恐惧。

"但我……还是很在意……"

她沙哑着嗓子，好不容易挤出这句话。姨妈却没有察觉到智子话中的试探之意，仍用劝慰的语气继续说道："不要在意！智子的爸爸妈妈为什么要做那种事？的确，你当时身体孱弱，时不时就会因头疼而哭泣，因为不知道原因，你爸爸妈妈都很担心，真的非常担心。可是，谁会因为这个就做出那种事来呢？"

姨妈所说的"那种事"是——

智子缓缓地说："他们没想要自杀……没想要带着孩子一起死，是吧？"

姨妈笃定地回答："那是当然！"

智子沉默着。可能姨妈也觉得那句简短的断言没有说服力，所以像是打开了话匣子一般，突然喋喋不休地多言起来。

"智子的爸爸妈妈把智子当成心肝宝贝，只会想着如何将智子健健康康地抚养长大。因为是那种事故，难免有人会不负责任地无端揣测，可我从来没往那方面——往自杀上想过，一秒都没有！他们没有一丁点儿非得那样做的理由！所以我早就打定主意，要特别小心不让那种无聊的诋毁脏了智子的耳朵，然而……"

"我没事的，姨妈。"智子用连自己也感到诡异的明快声音说，"我不会相信那种鬼话的。"

姨妈的声音颤抖着："那就好。那我就放心了。我一直担惊受怕，觉得这事总有一天会发生。没想到偏偏是在我离智子那么远的时候。"

"我也已经是大人了，没事的。"

"真的吗？我可以相信你吧？向我保证，你不会胡思乱想！"

"我保证。"

智子把戏演到了最后，没被姨妈识破。

"要常联系哦！我也会再打给你的。"姨妈说着，依依不舍地挂掉了电话。

刚放下电话听筒，智子的身体便瘫软下来。她一屁股坐在地上，凝视着虚空，也不知就这样过去了多久。

等猛地回过神来，她意识到自己正在哭泣。

他们有理由啊，姨妈。智子在心中喃喃自语，他们有充分的理由。只是，不能向任何人倾诉。

那些录像带——那些反复观看以至烂熟于心的录像带中的场景，在智子脑海中复苏。无论在哪一个画面中，年幼的智子都在哭泣，诉说着疼痛，恐惧着那些出现在梦中、难以理解的未来的影像。她寻求帮助，却求助无门。她脑中的能力，对一个孩子而言过于强大，几乎要将她摧毁。

好疼啊……

看着抱头哭泣的幼童，身为人父、身为人母，又怀着怎样的心情？

说起来，那么多的录像，不正是试图从困境中救出智子的父母徒劳无功的抵抗之一吗？不正是他们为了查明智子所背负之物的真面目，曾拼死努力的痕迹吗？

与智子吐露的只言片语相符的事件、天灾和现象，之后都会发生。在他们进行确认时，在录像带的标签上写下日期时，他们心中来来去去的，又会是怎样的情绪呢？

是无力感。和智子现在感受到的一样，束手无策的无力感。而且永不终结，只会越来越糟，还伴随着无尽的痛苦。智子哭诉着她的疼痛，爸爸和妈妈也不知为此哭过多少回，在眼睁睁看着时，在搂着智子时，在陪伴智子入睡时……

也许父母唯一的精神支柱，是有朝一日，长大的智子能够掌控她的能力。又或者，他们期盼着——拼命地期盼着，在成长过程中的某个阶段，那能力会自智子体内消失。消失吧，离开这孩子吧，求求你了，让这孩子自由吧！他们祈祷着。

就这样，两个人都在这场战斗中精疲力竭。

于是他们正面撞向了分隔带。因为他们认为这样更好，对这孩子来说反倒更幸福。

那是最后的出游，一家三口度过了愉快的一天。父母决意在那之后，举家赴死。

迄今不知多少次，每每想到那场令自己失去父母的事故，智子总会萌生"只有我一个人活下来了"的念头。错了。事实是，"偏偏是我一个人活了下来"。枉费父母为了智子、可怜智子而共赴黄泉的决心。

我是个令父母痛苦到唯有去死的孩子，却偏偏只有自己独自幸存。

智子用手撑住墙壁，慢慢地站起来。她支撑着晃晃悠悠的身体环顾室内，小山似的堆积在餐室一隅的录像带映入眼帘。

一股怒气涌上心头。

纯粹的怒气。染上怒气的赤红布条，在智子体内猎猎招展，掀起狂风。

智子扑向录像带，或将它们砸向墙壁，或用脚踢飞。她推倒它们堆成的小山，扔得满屋都是。有个盒子迸裂开，塑料碎片飞溅，录像带也飞了出来。智子扯住那卷带子，想用手撕个稀巴烂，却怎么也撕不坏，磁带只会软塌塌地缠在手指上。智子哭着和难缠扭结的磁带搏斗，越想挣脱却越是适得其反，磁带甚至缠上了手臂。没过多久，智子就双手捂着脸跌坐在地。

"……为什么啊？"

在只有自己的餐室里，智子冲着寂然无声的空气发问。

"为什么啊！为什么？这明明就不是我所希望的。"

为什么我生来便拥有那样的能力？

此时此刻，身处散落一地的录像带盒和黑色磁带的波涛中，智子一心只想着一件事。

偏偏是我一个人活了下来。我没跟上爸爸妈妈。而我现在终于意识到了。

既然如此，我这就追上去。

她木然地环顾室内，又低头看着缠在手指上的磁带。于是她想，要把这些记录也一起带走。

储藏室里，还有供煤油取暖炉用的煤油，几乎满满一油桶。

只要有这些，应该就足够将这栋老房子烧得一干二净了。幸运的是，空气也很干燥。想必火焰在眨眼之间便能吞噬一切。

智子想尽可能不给邻居添麻烦。所以她避开深夜，等待天明，等待上班族前往公司、孩子走进课堂。

临近正午，智子行动起来。

若是这个时间，火灾应该很容易被发现。只有麻生家会着火，消防局一定能阻止火势的大规模蔓延。

智子走出家门，确认外面并无强风。清冷的空气没有一丝波动，头顶上是万里晴空。或许是因为临到人生尽头，就连命运也总算有心给予智子少许善意。

智子将录像带堆在餐室中央，从那里开始泼洒煤油。榻榻米、窗帘、走廊以及楼梯。智子一面因强烈刺激性气味不时咳嗽，一面还仔细地将煤油泼洒在房中各处。

最后她回到餐室，站在那堆录像带旁。她将在这里投下点燃的火柴。

她决心已定，心中反而放松下来。尽管如此，握住火柴的手指仍在颤抖，令她觉得自己很没出息。

智子闭上眼睛，深深地吸了口气，这时她想起了须藤逸子。

她一定会震惊不已吧。智子一死，这单生意便泡了汤。她那么亲切地对待自己，自己却用死给她添麻烦。

虽不能因此打消赴死之意，但至少要对她道个歉。

智子走向电话机，手中仍像抓着救命稻草般紧紧攥住火柴不放。电话响了两声后，一个男人接起电话。智子报上自己的名字，对方马上换了逸子来接。

"麻生小姐，您好！"

电话里传来逸子利落的声音，低沉、略显沙哑。智子听在耳中，心中泛起一丝动摇。她稳住心神，真的只说了一句话："须藤小姐，对不起。"

说完，她便挂掉电话，取出一根火柴。"咻"的一声，一团火苗蹿起，智子露出微笑。这是净化之火。

智子向那堆录像带优雅地伸出手，松开火柴。

火焰带着燃烧声腾起，瞬间包围了整堆录像带，宛若巨大的花朵绽放开来。智子感到热风扑面，头发焦煳，眼中也噙满泪水。她看见火焰如同活物，顺着泼洒了煤油的路线东奔西走，极速蔓延。

好热。

明知已无退路，智子仍慢慢后退。这并非是为了逃生，而是她要亲眼确认录像带的灰飞烟灭。

07

震动。

身体在摇晃。晃动感反复出现，间隔极短。

智子躺着。不——不是躺在地板之类的地方。她的头枕在柔软的东西上。

这震动——有节奏的、令人惬意的晃动是什么呢？枕在头下、散发着好闻味道的柔软物体又是什么？

这是梦啊。我在做梦。

濒死之际，每个人都会做这样的梦吗？人们是通过梦境，抵达死亡彼岸的吗？

没有生理上的疼痛，也没有心理上的痛苦，很是安宁温暖。这是为什么？多么不可思议的心境。身体始终在摇晃着——很有规律，自己像是要被送去什么地方。

这里难道——是在车里？

智子在梦中试着睁开眼睛。没错，是在车里。智子躺在后座上，驾驶座上坐着爸爸，副驾驶座上坐着妈妈。他们没有交谈，车里没有声音，只有车子顺畅地行驶在路上所带来的震感。而垫在头下、散发出好闻味道的柔软物体是——

妈妈的毛衣。

智子在往昔的记忆里，在已经消失了的那段记忆里。她在失而复得的场景中，变回了那个八岁的孩子。

这是在和爸爸妈妈去看海后的回家路上。那一天，她闻到了潮水的味道，晒黑了一些。在能看见灯塔的餐厅里吃了三明治，还有巧克力芭菲。芭菲里的鲜奶油太多，以至于剩下了。风很大，她在沙滩上漫步，还拾了贝壳。妈妈告诉她那是"樱蛤"。她看到支离破碎的海藻在海波间摇曳，她和爸爸一起冲它们丢石头。她脱下鞋袜，让海水没过膝盖。她还在花田里玩耍，花田里开满了油菜花。

好开心的一天。她和爸爸妈妈约好还要再来。下次她想游泳，要带上泳衣。智子要在太阳下把自己晒得黑黑的……

就在这时，她听到一个声音。

"老公！"

是妈妈的声音，声音很大，迸发自喉咙深处，充满惊愕。

梦中的智子因为这声叫喊抬起头来，看着坐在副驾驶座上的妈妈的侧脸，以及握着方向盘的爸爸的侧脸。他们两个人都睁大了眼睛，爸爸想扳回方向盘，手却打了滑。妈妈张开嘴，喉咙里冒出一声悲鸣——

"危险！智子，智……"

黑暗降临。梦中的智子被黑暗笼罩。做着梦的智子也同样融于黑暗之中。

恢复意识后，智子最先看到的是摆放在金属台上的机器，以及闪着青白色光芒的显示屏画面。

之后她便又失去了意识。再度苏醒时，周围漆黑一片。就这样，智子长久地闭锁在如电灯般忽明忽灭的意识之中。

她初次意识到自己正睁着眼睛时，映入眼帘的是覆盖在眼睑上的黑影。鼻子上也有同样的黑影，还伴随着轻微的压迫感。

哦，我的脸被绷带包起来了。

得救了，她明白过来，她又一次得救了。

"麻生小姐，恢复意识了吗？"

头顶上方传来声音，她看到了白大褂，不知医生是什么时候来的。

"你的烧伤非常严重，不过已经没事了。虽然需要花上很长时间，不过是能够完全治愈的。明白了吗？你得救了，这太好了。"

智子闭上了眼睛。

你得救了，这太好了。

与这个声音重叠的，还有另一个声音。她在连接着死亡的时空中，在那场梦境中听到的声音复苏了。

危险！智子——

那是妈妈的声音。那一幕就发生在撞车前的瞬间。妈妈大喊危险，并叫着智子的名字。她是为了向在车后座上熟睡的女儿警示危险的来临。

在濒临死亡的事故中失去的记忆碎片，在再度面对死亡的时候回来了。就如同因地震停摆的挂钟，在新一轮的地震中再度走动。

过去，又回来了。

而且它还从智子身上取走了赴死的理由。它成了最后关头放下的，救命的绳梯。

那是一场事故，正如姨妈一直强调的那样。那是场不幸的事故。

对父母而言，死绝非他们的本意。两个人都想活着。

和我一起活着。

直到半个多月后，探病才终于被允许。除警察和消防局的相关人士外，第一个前来探望智子的，是须藤逸子。

不知为什么，她套在一件白色烹饪袍似的东西中俯视着智子，就像在看不能触碰的展览品。当和睁开眼睛的智子对上视线时，她一下子就露出了笑容："第一是我的了！"

她稍稍向智子俯下身，温和地说："阿姨刚刚还在这儿，才被医生叫出去。"说着，她微微摊开双手，"因为还存在细菌感染的危险，不穿这东西就不能见你。这让我想起了生我女儿时的事。我前夫也是不穿成这样就进不了新生儿室呢！"

智子想说话，却出不了声，连嘴唇也动不了。

逸子慢悠悠地说："什么都别说。医生说你现在还做不到。麻生小姐，等你的伤好了，还有各种各样的训练等着呢。我这可不是在危言耸听哦。"

逸子的眼睛里亮晶晶的。智子盯着看了一会儿，终于意识到她是在哭。

"阻碍你的人是我。"逸子说，"你是打算自杀的吧。房子全烧光了，那个家已经抛下你，去了另一个世界。"

这么说，录像带也都化为灰烬了。智子闭上眼睛。那些已经不复存在了。

"我不会追问你为什么要轻生。不过，有些情况我还是注意到了的，你渐渐没了精神，脸色也越来越差，眼神看起来虚无飘忽。我一直很担心。所以在接到你的电话时，我立刻有了不祥的预感，觉得情况不对，怕是会有什么糟糕的事情发生。"

笑容从逸子脸上消失了，她的声音却依旧温柔。

"你是不是要问我到底做了什么？我给麻生小姐家附近酒铺的老板打电话了。我可是不动产中介哦，自打接下麻生小姐家的业务以来，我在周边转悠了好几次。哪里开着什么店、住着什么样的人、邻里氛围如何，都必须实地走访调查。就因为这样，我和那家酒铺的老板聊过两三次。老板对麻生小姐和奶奶的事都很清楚。他说奶奶人很好，小姑娘无依无靠的也很不容易。感觉他是位忠厚诚实的生意人。所以接到你的电话后，我立马联系了他，恳请他帮忙去你家看看情况。跑过去只需要两分钟哦。酒铺老板看见窗户里隐隐冒出烟来，便从厨房后门冲进去，将倒在地上的你拖了出来。"

逸子擦了擦眼角。

"但还是险些没赶上。你从火里被拉出来时，已经没有了呼吸，心脏也停止了跳动。是由窒息和烧伤引起的休克。就连为你做心肺复苏的急救人员都一度放弃了。"

逸子的脸皱了起来。

"但你还是回来了！好好地活着回来了。仿佛你在横渡三途川的途中改变了主意。"

也许，我和昔日的自己在死亡的深渊相遇了，智子想。我取回了失去的记忆，便掉转头回到了这个世界……

"智子，或许你现在会恨我。一定会的。恨我为什么不让你去死。等到你伤势好转，开始痛苦的康复训练时，你可能还会更加恨我——须藤逸子，这个多管闲事的女人！"

逸子微笑起来，眼角堆出皱纹。

"但是，我们不妨打个赌。就……看看三年过后会如何。到时候你一定会感谢我的。每当你觉得'啊，活着真好''没死成太好了'的时候，都会对我感激不尽的。所以，在那之前，我就当个恶人任你憎恨好了。请你尽情地恨吧，狠狠地恨吧！"

说到最后，逸子的声音在颤抖。

智子想对逸子展露笑容。跟你说哦，须藤小姐，我的记忆稍微恢复了一些。我由此得知，我的爸爸妈妈是想让我活下去的……

生死有命。

贞子的声音在智子的耳中再度响起。逸子的脸在眼前渐渐模糊，智子闭上眼睛，睡着了。

康复的过程极为缓慢，慢得令人厌烦，在此期间，智子做了各种各样的梦。

它们都是曾失去的记忆碎片，以声音和影像的方式重现。七岁那年的儿童节，难得穿上和服却下起了大雨，因此而闹别扭，被妈妈教育了；在祖母买来的塑料圆泳池里玩水；偷玩爸爸的打火机，被狠狠地训哭了；在游乐场，第一次坐云霄飞车……

在不能说话也动弹不得，只能摄取流食、透过绷带缝隙看着外面世界的日子里，智子切实地感到自己内心的伤口正一天天地愈合。

终于，探病者不用再穿那件类似白色烹饪袍的东西了，这时距她纵火和自杀未遂已经过去了一个月。她也转到了普通的单人病房，偶尔也能呼吸一下室外的空气。

有一次，智子隐约听到事发后一直陪伴在旁的姨妈，和前来探望的须藤逸子的交谈。逸子在向姨妈说明麻生家地皮的出售事宜，这事在房子烧毁后仍在进行。

不知是不是药物的作用，智子总是昏昏欲睡，一天的大部分时间里都迷迷糊糊的。逸子和姨妈的说话声就像摇篮曲般催眠，她闭上了眼睛。

就在这时，她突然感到右侧的太阳穴如针刺般疼痛。这和烧伤的痛楚完全不同，是从体内传来的剧痛，就好像脑袋里有什么东西要蹿出来似的。

这感觉倏忽即逝，却仍疼得智子绷紧了全身。她感到绷带下的鼻尖泌出汗来。

这……难道是……

她睁开眼睛，逸子和姨妈仍聊得起劲。她能听见两人的声音，但强烈的睡意袭来。好困，好想睡。这睡意无法挣脱。

智子仍能听见逸子的声音，与此同时，又飘进了浅浅的睡眠之中。然后——

她做了个梦。

是逸子，逸子在一间病房里。但不是智子住的医院。房间的构造不同，有扇很大的玻璃窗。而且，逸子身上穿着在智子这儿已不再需要的"白色烹饪袍"，她的双臂间还怀抱着什么。

那是个——小婴儿。

逸子在笑，笑得神采飞扬。她环抱着那婴儿，宛如抱着世上最重要的珍宝。

而她头发中的白发已变得相当醒目了。

"小真子，看呀，是外婆呀！"逸子对怀里的小宝宝说。

原来小婴儿是逸子的外孙女——就在智子意识到这点时，她一下子醒了，就像被从梦里一把捞了出来。

她睁开眼睛，太阳穴还在隐隐作痛。那是一种尖锐的疼痛，大脑如同被针一类的东西从右往左穿刺而过。

好在伴随着心脏鼓动的慢慢平复，痛感也逐渐淡去了。

逸子和姨妈仍在继续说着、笑着，什么事也没有发生，她们两人什么也没有察觉。

智子却恍然大悟，她明白自己刚刚的梦意味着什么。

随着记忆的恢复，那个——那个能力也回来了。摆锤再次摆动，时钟再次走动，齿轮再次转动。

智子多少也预料到了，不，应该说她在等着它的到来。虽然心怀恐惧，但她已有预感，它将会再度归来。

不过，我已经不再是小孩子了。

我幸存至今，已不再只会一味承受那个能力的痛击。就如父母所期望的，我活了下来，长大成人。

两次命悬一线，却又两次得救。虽然其中一次甚至想要自行了断，但不管怎么说，我现在还活着。

这一定是意味着，在命运为我安排的死亡来临前，我唯有活下去，和能力——这个预知不确定未来的能力共存。

直至此身朽去，直至真正的死期降临。

至于如何与这个能力共存，如何与它和平相处，以及能否利用它救助他人，我目前还一无所知。现在还不是该考虑这些的时候。

现在，只要想着活下去就够了。只要考虑明天就够了。

智子感到体内慢慢涌起一股宁静的力量，她合上眼睛。逸子和姨妈开朗的声音，宛如小鸟的啁啾，很是悦耳。

如果自己告诉逸子，她将来会成为小女孩"真子"的外婆，不知她会露出怎样的表情。想到这里，智子的唇边浮出一丝微笑。

是的，虽然谁也没有察觉，但智子确实绽开了微笑。

燔祭

は

ん

さ

い

*

人类能作为一把上了膛的枪活下去吗？

---

* 以积柴将牺牲烧尽于祭坛的献祭方法。

翻开晚报，那个标题便映入眼帘。

案件本身就耸人听闻，因而标题字体也又大又粗。只是，那天是对某个涉及大规模贪污案的政治家进行初次公审的日子，相关报道占据了社会版的中心部分。引起他注意的报道只能沦为配菜，被挤在版面左侧的一角。

尽管如此，他最先注意到的仍是那个标题。因为他一直以来都有心理准备，这种事一定会发生，会在报纸上看到相关标题，或者，在电视的新闻节目头条中听到播报的那一刻迟早会到来。也因为在他内心深处有一个长期不去碰触却绝对没有上锁的抽屉，他知道总有一天，自己将不得不再度翻开沉睡在其中的文件。

彼时他刚回到家脱下外套。外面下着雨，挂在衣架的外套上，仍有水滴在闪光。他脱掉湿袜子丢进洗衣篮，点了根烟，为了冲咖啡，他将水壶灌满，放上煤气灶，这才一屁股坐在沙发上。然后他拿过晚报，于是标题就这样跃出了纸面。她在那里。

总是这样，他想。她总是来去无常，骤然出现，又猝然消失……

房间里安装的空调已经开启，但还没开始送出暖风。桌上原封不动地放着今早用过的咖啡杯，和边沿沾着面包屑的盘子。一如往常的房间，普普通通的日常生活。

他盯着报纸上的标题，深深地呼出一口气，开始阅读报道。

《荒川河川占用地①内发现四具男女焦尸》。

报道称，今天一早，一辆轻型轿车被发现烧毁于荒川的河川占用地内，全车烧至焦黑状态。该车为三门掀背式轿车，只有驾驶座一侧的车门呈半开状，其余车门紧闭。车内有三具面目全非的焦尸，无法一眼判断性别。车内也遭焚毁，金属部分呈熔化变形状态，由此可知，火灾时车内曾达到极高的温度。

后座上有两具尸体，副驾驶座上有一具。状态均几近碳化，年龄和身份不明。但从骨骼推断，三具尸体之一——后座右侧的尸体可能为女性。

第四具尸体倒毙于距该车约十米处，面朝荒川，呈向前倾仆状，双手前探。这具尸体亦烧至焦黑，部分头盖骨粉碎塌陷。

---

① 日本《河川法》规定，河川涨水时所能达到的最大宽度的那部分土地亦属于河川的一部分，此所谓河川占用地，包含河道、河滩和堤坝等区域。

　　无论是尸体周围还是车内，都没有留下任何能查明死者身份的线索。死因也尚无定论。车牌同样因熔化而难以辨认，以至于目前无法确定车主身份——

　　或许因为是清晨的案件，报纸虽是初次报道，内容却很详细。在他看来，这就已经足够了。

　　他拿着报纸，双手搭在膝上，凝视半空。房间空荡荡的，白墙上几乎没什么装饰，只在电视机旁挂着印有银行名称的挂历。当今社会，虽说年轻男性也变得时髦了，但月薪不高的独居上班族的房间，大抵也只是如此。

　　——她回来了。

　　回来了。终于。终于。他不知不觉地喃喃自语，几乎说出了声。

　　"哗——"厨房里的水壶发出鸣叫。水开了。他被这声音惊得跳起，报纸落在脚边。铅字"焦尸"在地毯上仰望着他，意味深长地微微偏向右边。

　　这令他想起了她的眼睛，那一天——两年前的那个夜晚，她在那台启动极慢的空调下擦拭着湿漉漉的头发，同时仰着脸看他。焦尸。她那晚的眼睛里，不也写着这两个字吗？

　　你真的不后悔？

　　她的那声询问也重在耳际响起。

　　水壶仍在无休无止地尖叫。他站起身，出神地盯着煤气的苍白火焰看了一会儿，才终于把火关掉。然后他抬起头，将视线转向放置在窗边的小书架。

书架上，除了几本汽车杂志外，大多是不动产法规方面的书籍。在这几乎没有色彩的书架上，却放着一个酷似扭股儿糖的东西，有明艳的粉色和白色花纹，显得形单影只，格格不入。视力好的人即使从远处也能看见它顶部露出的短芯，从而意识到这个不明物是根蜡烛。

因为没点燃过几次，蜡烛上覆着灰尘，略显脏污，烛身上用小孩子的笔迹写着平假名"かずき"。那是他的名字。这是妹妹去修学旅行时寻到的礼物。

哥哥不想要京都的土特产，对吧？妹妹笑着说。所以我在精品店买了这个。至少以后在停电的时候，它还能派上用场。

之后她被父母数落，说是虽然所谓的特产都了无新意，但作为旅行礼物还是该买那些才对。那高中修学旅行时，我就按你们说的买呗。她说着，又笑了起来。

然而妹妹没有那个机会了。这根花哨而怪异的、写着名字的蜡烛，成了她带回的第一份也是最后一份礼物。

注视着蜡烛，他再度想起了点燃它的那一夜，那时的事鲜明得恍若昨日。还是那个夜晚。她擦拭过湿漉漉的头发后点燃了蜡烛。既没有用火柴，也没有用打火机。

为了令妹。她喃喃。

她回来了。正如她那夜的宣言。

关注报纸吧。当它见报时，你就会知道那是我，知道我还好好地活着。

继续作为一把上了膛的枪活着。

他大步横穿房间，重新穿上刚脱下不久的外套，接着走近书架，拿起蜡烛定睛看了片刻。若将蜡烛翻转过来，底部有一圈手写的小字，写着妹妹的名字。"ゆきえ"。出生在下雪的日子里，肤色白皙的女孩子。

雨下个不停，化作银丝，在尚未拉上窗帘的窗户玻璃上滑落。他蓦然发觉，每当想起妹妹时，都一定会落雨。

他将蜡烛轻轻放回原处，关灯走出房间。他知道自己要去哪儿，因为直至今日，那记忆依旧鲜明。

01

确切来说，和她的初次相遇应该是在五年前的四月一日，也就是他入职东邦制纸公司、被分配到业务部的那一天。至少她是这么说的。她说那天上午，她送邮件给他，当时他彬彬有礼地道了谢，所以给她留下了印象。

然而他却不记得那天见过她，也不记得向她道过谢。当时的业务部里，正式女职员有五名，负责事务相关的辅助性工作。

他光是要记住她们的名字和脸就觉得够吃力的了，所以对其他部门的女性——更何况还只是送邮件来的女性——毫无印象，这也是没办法的事。

特别是，他刚一入职，就离开还没焐热的办公桌，去参加社内培训了。回来已是一个月后。那时，明明连一件算得上是工作的工作都还没开始做，离开期间累积的邮件却已在桌上堆成了山。他记得自己目睹此景时的混乱，但对将那些邮件送到桌上，并按日期顺序分门别类摆好的她，他没有留意。

此后的一年也是如此，工作以外勤为主的他疲于奔命，和在公司内部不起眼地分派着邮件的她之间，根本没有能够产生关联的机会和时间。他常和同期入职的同事以及前辈去喝酒，参加职工宿舍的宿舍节和加入了其他公司女职员的联谊会，借由这些场合，他结交的人多了，人际关系也拓宽了，甚至还和客户银行的女性约过会。但在以上场合里，他从没遇见过来自邮件部的女性。邮件部在东邦制纸内部本来就不被视为正式部门，这同样也是没办法的事。

偶尔，他也会与推着手推车的邮件部女性在走廊上擦肩而过，车上总装着大量信件、邮包和快递，有时他们也会同乘一台电梯。说得极端些，哪怕在这种时候，她们对他而言，也只不过类似于公司的备用品。只要将邮件投进放在业务部门边的"本日配送"邮箱，她们就会来收取并送去邮局。有寄给自己的邮件时，她们会直接送到桌上。交集仅限于此。即使她们并非活生生的女人，而是机器人，他恐怕也不会有任何感觉上的变化。实际上，不仅是他，对东邦制纸的全体员工而言，这些没有语言交流、只是安静地移动着将邮件拿来拿去的邮件部女性们，早就是如同机器人般的存在。

入职整整两年后，他离开职工宿舍，搬进了都下①的出租公寓。同事们都调侃他急着为结婚做准备，其实他暂时没有那方面的打算，更何况那时他连恋人都没有。搬家的理由很简单，他只是厌倦了在一大群人中闹哄哄地生活。他的父母个性沉静得往往令人觉得冷淡，妹妹的年纪又和他相差甚远，在这样的四口之家成长起来的他，根本就适应不了无论好坏都总是热闹拥挤的宿舍生活。搬家后，虽然通勤时间变长了，房租的负担也不轻松，但获得了独处的空间，他终于如释重负，也能真正轻松自在地休息了。

不过，他还是参加了搬出来不久后举办的那次宿舍节。突然不喜交际会显得奇怪，而且宿舍节上会有很多女性来玩，犯不着连这种机会都白白浪费。

那次宿舍节，她也来了。那年，邮件部的女性首次参与了进来。据说是因为总务部的女性为她们鸣不平，认为邮件部员工虽然不是正式职员，但她们平素都与大家在一起工作，也为其他

---

① 指东京都中心二十三个特别区以外的外围地区。

同事提供了许多帮助，将她们排除在外多少有些于心不忍。就连这事，他也是过了很久才听说的。

他在宿舍节上负责炒面摊。从入职那年起，这就成了他的固定岗位。说是宿舍节，其本质也就类似于酒会而已，它和普通联谊会唯一的不同是，酒水和食物都由住宿舍的男职员以"模拟店"的形式提供。于是，在双职工家庭里锻炼长大、对家常料理得心应手的他，理所当然地成了深受器重的人才。

"大伙儿都赞不绝口，说自打你入职后，炒面和日式煎饼都变好吃了。"当时的宿舍负责人对他说。

这可不是不走心的奉承话，实际上，当他站在铁板前忙活时，有不少来玩的女职员都费尽口舌地恳求他就算搬出宿舍也要一直来参加宿舍节。她说，他边忙边和女职员们聊天时，她也在场。虽然他没有印象，但她说他们还曾说过几句话。

总务部里有个叫有田的资深女职员，正是希望邮件部能参与进来的女职员们的总发言人，也因此，有田忙着将拘谨的邮件部女性介绍给宿舍的男职员，搭建对话的桥梁。

据说这位有田女士将她介绍给他时，是这么说的："这是负责你们业务部邮件的姑娘。业务部有很多大件，她很辛苦的。所以你今天可要好好犒劳她哦。"

"然后多田先生你说，邮件部里居然还有这么可爱的女孩子。"她说。

　　然而他毫无印象。在聚会的喧闹中，大概他也只是和气地随口应酬了一句而已。

　　所以那个时候，他仍然不认识她，就连模样也没有记住。没有留下印象，就说明她并非出众的美人，也没有什么特点，不是他会喜欢的那类女孩。

　　人与人相遇的定义是什么呢？只要一个人，认定自己于某时某刻与另一个人"相遇"了就算吧。如果非要双方都牢记彼此的外貌和名字才算，那他在很长一段时间里都不曾与她"相遇"。在这层意义上，或许也可以说，除了邮件部极其有限的同事之外，她没有和公司的任何其他职员"相遇"。

　　她宛如会呼吸的幽灵。东邦制纸的职员们每天都会收到她送来的邮件，可是比起她的脸，他们更记得自己每天都要通过的车站检票口处的站员，以及在员工食堂工作的兼职员工的脸。他们会去在意站员的动作和食堂大妈当日的心情，却从不在乎只是推着手推车经过的她的情绪。

　　他也一样，和看见了她的身影也相当于没有看见的大多数职员没什么不同。他的时间和她的时间流淌在完全不同的世界里。他们本可以维持这种感觉不到任何妨碍或不便的状态，一直在东邦制纸工作下去。

　　只要那个案件，没有发生。

在位于千叶县市川市的老家,至今仍挂着并排写有一家四口姓名的名牌。爸爸、妈妈、他,还有妹妹。名牌是翻修房子时请行家制作的,距今正好十年。

"感觉就像时代剧一样。"

名牌做好时,妹妹看着扁柏木板上手工雕刻的自己的名字说。她当时七岁,上小学二年级,这句话让父母和他都为之一笑。问她为什么是时代剧,妹妹天真地回答:"《大冈越前》[1]中的夫人就叫'雪江'呀。"

她还说,自己之所以知道,是因为只要去爷爷家住,都会陪老人家看时代剧。

原来如此,用正楷字体雕刻并描墨的文字,看起来确实非常庄重和夸张。就连他的名字"多田一树",看上去也威风凛凛的,比起一介学生的名字,更像是属于昭和初期的青年政客或金融界的风云人物。

从大学毕业后到入职东邦制纸前,一树在这个家里度过了六年时光。他的房间和雪江的房间都在二楼南侧,隔着狭窄的走廊相对,当妹妹的房间里有朋友来玩时,她们的嬉闹声能清楚地传到他的房间里来。

他和雪江相差九岁。对父母而言,妹妹是迟来的馈赠,再加

---

① 日本有名的时代剧,改编自吉川英治创作的同名小说,主人公为江户南町奉行大冈忠相。

上是期盼已久的女孩，所以从她还是婴儿时起就备受父母宠爱，娇生惯养着长大。如果兄妹俩的年龄差距再小那么一点儿，或许一树就会成长为性格上有几分乖僻的哥哥。

他九岁那年的冬天，妹妹呱呱坠地。当时的他虽然还没有关于婴儿从何而来的正确知识，却很快认识到新生儿是多么费心劳力的存在。这个小东西哪怕深更半夜也会啼哭，还要频繁地更换尿布。至于给雪江洗澡什么的，更是令父母手忙脚乱，就连喝完奶没打嗝之类的芝麻小事，妈妈都要担心。可他要是在饭桌上打嗝，就会被训斥说"没有规矩"。

小宝宝雪江成天就知道睡觉。一树从学校回来时，她在睡；一树吃饭时，她也在睡；晚上一树去睡觉时，她还在睡；早上一树起来了，她依然在睡。

"她为什么总是睡啊？"

于是妈妈告诉他，睡觉就是小宝宝的工作。

"做个小宝宝可真好啊。"

"别说蠢话。"妈妈笑了，"别看她一直睡，其实周围的响动啊，说话的声音啊，她都好好听着呢。哥哥也对小雪说说话吧！"

"说了她又不会回答，她就知道睡！"

"要不了多久，她就会用眼睛追着我们看啦，还会笑呢。"

一树身边没有和弟弟妹妹相差九岁之多的朋友，不过同班有个男孩有一对双胞胎弟弟，小他五岁。据他说，这世上再没有比小宝宝更"烦人"的玩意儿了。

"现在还算好的，等开始断奶吃辅食的时候，尿布臭得才叫人绝望呢！"

被灌输了这样的"知识"后，一树越发觉得小宝宝是既无聊又麻烦的玩意儿。再说，妹妹的存在本来就没有意义，要是弟弟好歹还能一起玩。到底为什么要生这么个玩意儿呢，当时的一树很认真地思考过。

雪江出生后，妈妈暂时辞去工作，整日待在家中。每当一树放学回来，妈妈都要让他"看着雪江的脸说'我回来了'"。疲于育儿的妈妈多少有些易怒，所以大多数时候，他都会乖乖照做。而且，也不知为什么——当然这话对爸爸妈妈可都不能说——小宝宝散发出的酸酸甜甜的奶香令他很是眷恋，唯有这点是他也喜欢的。

可是，无论什么时候靠近婴儿床，雪江都只是香甜地沉睡着。

"笨——蛋！"

即使他俯身看着她，试着小声骂她，妹妹也还在睡，小脸微微泛红，实在是一点儿反应也没有。这家伙真的活着吗？他总是抱有怀疑。

后来，他长大到可以理解这一切的年纪后才得知，雪江是个早产儿，出生时的体重勉强达标，如果发育情况不好，可能还得回到设备完善的产科医院里去。因而,他关于雪江是个格外安静的小宝宝的记忆,不见得是错的。

雪江出生后的一个月内,兄妹俩的关系不过如此。就算父母喜笑颜开地说小雪今天笑了什么的,一树也没亲眼见过。他向婴儿床里窥探时,小宝宝睁大眼睛醒着的情况变多了,但毫无反应这一点仍然没变,哪怕在她眼前挥手也一样。小婴儿真是太无趣了。

然而,没过多久,令一树的心境为之一变的事发生了。

那天刚好是年末的结业日。早会时,他和周围的朋友聊着聊着就站到了队列外,偏偏被年级主任逮了个正着。那位老师对学生体罚下手很重,连PTA①都一度将其视为问题人物加以关注,这次也是,他既然已经盯上了不听校长讲话、只顾嘿嘿傻笑的多田一树,自然不会手下留情。更倒霉的是,那天不知何故,大概那位老师本身就心情不好,一树被他拽出队伍带到队末,脸上冷不丁就挨了揍。不是一下,而是两下。险些挨第三下的时候,班主任跑来制止了对方,但一树仍又惊又怕,几乎呆若木鸡。

多田一树在学校里并不是多么显眼的学生。不论是好的方面还是坏的方面,他都几乎从未被老师"特别关照"过。这次的殴打来得太过突然。班主任被年级主任的过激行为气得发抖,可对于一树而言,他只想尽快忘掉此事,当作从未发生。他也不

---

① Parent-Teacher Association,家长教师联合会。

愿意在挨打后重回学生队伍，被朋友们或担心或幸灾乐祸地盯着看。他觉得这比什么都更难以忍受。

因此，他返回教室，领了第二学期的成绩单后独自溜回了家。他想，寒假期间，大家应该就会忘掉今天的事。

快到家时，迟来的打击和伤心涌上心头，令他鼻子里直发酸。可要是哭丧着脸，肯定会被妈妈追问缘由。一树清了清喉咙，咽下唾液，将眼泪往回憋。然而效果不佳，所以他没打招呼，悄悄地打开了屋门。

运气不错，妈妈不在楼下的房间。洗衣机在运行，看来她正在阳台上晒衣服。一树坐在厨房的椅子上，拼命压抑尚徘徊不去的哭意，却还是没成功。

妈妈下楼的脚步声传来。一树当即奔出厨房，躲进隔壁的房间。那里是父母的卧室，小宝宝雪江的婴儿床也在。

正好。在这里的话，即使被妈妈发现，也能用"来跟小宝宝说'我回来了'"蒙混过去。一树凑近婴儿床，双手扒着栏杆探看雪江的脸。

一如往常，雪江在熟睡。冬日柔和的阳光照在她粉嘟嘟的脸蛋上，泛着润泽的光芒。

"我回来了。"一树试着说了一声。其实他并不是在对妹妹说话，而是想试试能不能在不被察觉出学校有事发生的情况下，面对妈妈自然地打招呼。他只是为了说话不带哭腔而打算练习一下。

然而话音刚落，就见小宝宝在熟睡的状态下，甜甜地笑了。

她的嘴角出现了小小的酒窝。光润的脸蛋微微动了动，闭着的眼睑轮廓也变得弯弯的。

那一刻，一树第一次看到了小宝宝的笑容。她还在睡梦中，却毫无缘由地绽开了微笑——这在出生不久的婴儿身上很常见，被称为"婴儿的虫虫笑"[①]，但一树对此一无所知。

在一树看来，小宝宝雪江是冲着自己笑的，简直就像为了安慰他而笑的。

就在这当口，身后的门开了，妈妈走了进来。她见一树在房间里，吃惊地轻叫出声："哎呀，吓我一跳！你回来了？"

一树仍紧紧抓着婴儿床。雪江已经没在笑了，但他相信只要再对她说话，她还会向他展露笑颜。

"妈妈，雪江笑了！"

他又一次差点儿哭了出来。

那天下午，班主任走访了多田家，早会的事终究还是没能瞒过父母。丢脸的回忆姑且不谈，总之从那天起，一树没来由地对小宝宝产生了好感。

雪江初次走路的情景，一树也记得一清二楚。那天他和朋

①过去，日本民间认为小婴儿无缘无故的微笑是因为腹中有虫子在闹腾，弄痒了小婴儿。现在已被改称为"新生儿微笑"。

友出去玩，回来看见雪江站在接近玄关边缘的地方。因为天气暖和，门一直开着，所以从一树所在的位置看得很清楚，穿着奶油色宝宝服的雪江扶着走廊上的墙壁，颤巍巍地站着。

从前些日子开始，雪江渐渐可以独自站着了，还能扶着墙走上几步。当下也是如此，她看见了门外的一树，便笑眯眯地想要走过来。接着，不知怎么回事，她的手脱离了墙壁。手刚一放开，她的身体便摇晃了起来，只见她晃晃悠悠地向前迈着步。三步之外便是玄关边缘，下面有三级台阶。头重脚轻的雪江一旦来到走廊尽头，势必会一个倒栽葱摔下玄关。

一树见状，一脚蹬翻自行车，以自己也难以置信的速度——他觉得自己一步迈出了两米之多——横冲过院子，在眼看雪江就要跌下玄关的瞬间紧紧抱住了她。由于冲得过猛，反倒是他的脑门狠狠地磕在了台阶上，直磕得他眼冒金星。这声巨响外加差点儿踏空的冲击，令雪江哇哇大哭。

妈妈喊着"怎么了"从房内飞奔而出。一树抱着啼哭不止的雪江，一边疼得不停地眨眼，一边情不自禁地笑了起来。

"妈妈，看来走廊上不装栏杆不行了。"

妈妈瞪圆了眼睛。

"雪江刚刚走路了！"一树说。

十五年，一树和妹妹一同成长。

街坊四邻总说多田家的雪江是"黏着哥哥的孩子"。这些话传入耳中，一树会觉得难为情，一点儿也高兴不起来。但他也没有因此刻意与雪江保持距离。

雪江上初中后，因课外活动或训练等缘故晚归时，一树总是开车去站前接她。据说雪江的朋友对此反应各异，有的羡慕，有的调侃。他们也会搭上住在附近的朋友，依次送回家，还被对方家长用稀奇甚至略带狐疑的眼神打量。后来一树他们才得知，离开后，那个朋友被妈妈纠缠不休地追问："那个人真的是多田的哥哥吗？"

"哥哥去接妹妹而已，值得那么大惊小怪吗？"雪江大笑着说。

后来一树要搬去宿舍时，雪江冷不丁地冒出一句："哥哥不在的话，我走夜路回家该害怕了。"她语气明快，却不像在开玩笑。五月连休时，一树刚回到老家，雪江就笑着告诉他，这段时间自己动不动就被附近的阿姨们"亲切慰问"："哥哥离开后，很寂寞吧？"

对这些话，他当时并不曾一字一句地深想。他觉得雪江仍是以轻松的心态说着玩儿的，况且这本来就是事实。她也已经到了自立的年纪。她和妈妈发生过激烈的口角，也曾违逆过爸爸。纷争爆发时不偏袒任何一方的一树，搞不好同时引起了双方的不满。

随着年岁渐长，九岁的年龄差在某种意义上反而会加大差距。若是兄弟间可能还不至于，但在一树眼中，雪江无论长到什么年纪、再怎么有大人样子，她也依然是那个脸蛋光润的小宝宝。他总觉得，一逗就笑、蹒跚学步的幼儿模样，如同视错觉图画中的玄机一般，依然隐藏在妹妹那不光可爱，还愈发美丽了的少女的容颜中。

他也想过，也许正因为如此，今后在现实中他与妹妹反而会渐行渐远。

一树离开家的第三年春天，雪江顺利考上了理想的高中。听妈妈说，雪江好像交到了男朋友。一树也忙于自己的生活，即使偶尔回趟老家，也常常和妹妹错过。他这才恍然意识到，兄妹间理所当然地会逐步变成这样。也许雪江会出人意料地早早结婚；她英语很好，也许会想去留学……和只考虑上下班交通情况的一树不同，她为了独立而想要一个人生活的日子，或许会比预想中的更早来临……

一树有过各种想法，也考虑过无数种可能性。然而，父母也好，一树也好，都没有想到多田雪江会以一种谁也预料不到的方式，孤身离开她的家人。

雪江被杀害了。在两年前，在她高二的那个夏天。

02

一树等不及搭乘电车，跳上了出租车。他按记忆中的路线向司机说明目的地，到地方后却看见一栋两年前她带自己来时还没有的大楼，就建在目标店铺的斜对面，他恍惚间还以为自己来错了地方。

店还开着。玻璃门无甚变化，就连霓虹灯广告牌"Parallel"上打头的那个"P"字也还缺着。雨势渐大，雨嘣里啪啦地打在伸出的油布遮帘上，又流淌下来。

临街有五扇窗，包裹着古色古香的木框。每扇窗内都有一张桌子，每张桌子上都放着一盏烛台。现在，五张桌子中的三张有人坐，蜡烛也只点了三根。里面的吧台处有一对情侣，肩并肩地坐在高脚椅上。在他们之间也摇曳着一点烛光。

她没来。

一树收起伞，推开门。雨珠还没来得及从伞上落下，穿着制服的服务生便迎上前来。一树要了桌位，说还有同伴要来，服务生轻快地点点头，为他带路。

他被安排在窗边最靠里的位置。巧的是，上次和她同来时，也是坐在这个位置。即使这样微不足道的偶然，也被他视作了好兆头。

"您的同伴是一位吗？"服务生问。

"是的。请问……这里营业到几点？"

"到凌晨两点。不过零点起就不再接受点餐了。"

一树先要了杯咖啡，他看看表，时间是十点半。

服务生带着热手巾和装着矿泉水的玻璃杯回来了。他正要点燃桌上的蜡烛，被一树拦住了。

"麻烦等我的同伴来了再点。"

服务生恭敬地答应了。或许是觉得一树的提议很浪漫，他露出淡淡的微笑。

蜡烛孤零零地立在威尼斯玻璃制成的美丽烛台上，一树注视着它，怔怔地想，如果同伴来的话——她要是来了，也就无须劳烦服务生点火了。

雨还在下，在窗玻璃上汇流而下。如果她来了，站在窗户的另一边，他能马上认出来吗？会不会因雨幕朦胧而难以辨认？他没有变，可她也许变了——在这两年间，在这不知发生过什么的两年间。

又或者，是因为就在一天前，她刚品尝过"杀人"的滋味。

尽管如此，一树仍一直眺望着窗外。本来，若冷静地想一想，她根本没有今晚来这里的理由。一树的直觉毫无根据，但他无论如何都要来，他无法放弃她会现身于此的希望。

她也许会来。任何事都可能在她的身上发生，因为是她。

　　这一点，一树曾亲眼见证。在两年前的夏天，在埋葬雪江仅仅半个月后。

　　雪江在高中加入了戏剧部。第一次听说时，一树因那丫头竟会有表演欲望而吃惊不已。雪江从小就喜欢画画，初中则一直在打软式网球，所以他隐隐觉得她会在美术部和网球部中选择一个。

　　不过仔细问过才知，雪江在戏剧部并非效仿女演员诠释戏剧，而是负责舞台美术。一树当时还笑说不过是高中的戏剧部，何来舞台美术，但看过高一秋天的文化祭公演照片后，一树发现舞美制作得相当工巧精致。雪江兴致勃勃地告诉他，那时的剧目居然是莎士比亚的《驯悍记》，她虽然为服饰的制备操碎了心，但充满了干劲。

　　"我去了旧衣店，淘来便宜的旧衣服，改成女士礼服。睡袍也用上了，还给爸爸旧衬衫的领子和袖口镶上了蕾丝花边，改成了男士礼服。"

　　将来要是能像和田惠美①一样从事电影方面的工作就好了，雪江满怀憧憬地发出如梦般的呓语。

　　高二的暑假，雪江忙着为定于同年秋天公演的《我，堂吉诃

---

　　① 著名电影服装设计师，原名和田美惠子，曾因黑泽明导演的《乱》获第五十八届奥斯卡最佳服装设计奖。

德》①做准备。一树计划利用盂兰盆节假期去旅行,所以只回老家待了一天,那时也是,雪江过了晚上八点才带着满面倦容精疲力尽地回到家。她一边吃饭一边叹气,说想不通为什么部里的成员想演的尽是古装戏剧。

"别看你嘴上这么说,要是明年真提出演现代剧,我看你肯定会第一个跳出来反对。"

面对一树的调侃,雪江飞快地吐了吐舌头,笑了。

"明年我们就要考大学了,哪有工夫再折腾。"

她说自己虽不指望考上艺大,不过正和父母商量,希望他们能供自己去上私立美术大学。

"美术专业不好就业哦。"

"这一点,女孩学什么都一样啦。除了学理科的,女孩总是不好找工作。"

那次是一树和妹妹两个人从容交谈的最后机会。事后试着回想那一幕时,他意识到雪江当时说的尽是关于将来的事。她有很多事想做,满怀梦想。她笑声朗朗,忙着说话,几乎一秒也停不下来,脸上的表情瞬息万变。她什么时候竟变得如此活泼了? 一树有点儿意外地想。看来她真的很喜欢戏剧——喜欢舞台美术吧。

---

① 又名《梦幻骑士》(*Man of La Mancha*),由剧作家戴尔·沃瑟曼(Dale Wasserman)根据塞万提斯原著《堂吉诃德》改编的音乐剧。被誉为史上最具生命力的音乐剧作品之一。

　　那个暑假,雪江埋头制作演出服,度过了日升月落的每一天。直到最后一天,八月三十一日那天。

　　那天,戏剧部的成员们在校内的社团活动室里待了一天。听说,当没完成报告和作业的成员挤在活动室角落的桌子上奋笔疾书时,雪江仍在专心致志地制作着堂吉诃德扮成梦幻骑士时要穿的戏服。根据事后的调查,她手上也还剩一篇报告要写,但当时,她似乎将其忘得一干二净。

　　雪江和另四名共同负责美术的女学生一直忙到傍晚七点多,还是没能完成制作,所以她们决定每人分担一部分带回家做。分摊了任务和材料后,她们于傍晚七点半离开社团活动室,去办公室跟轮值的老师告别,老师让她们回去路上小心。

　　回去路上小心。

　　当然,一直以来都很小心吧。如今的时代可没太平到十来岁的少女们在太阳落山后还能毫无戒心地走在外面。不过,夏昼漫长,彼时不过七点半。雪江回到离家最近的站点时,也才刚过八点。那个时候,电视里还在直播晚间赛事。公交车仍在运营,路上也有行人往来。想必雪江没有感觉到任何直观的危险,如常在站前坐上公交车,在平时的公交站下车,然后沿着路灯下的住宅区道路往家走。

　　这段路用不了十分钟。虽然途中必须经过一段夹在公园和在建住宅区中间的、没有人行道的窄路,但只要稍微走快些,两三分钟就能通过。家就在眼前。

回去路上小心。是啊,雪江应该已经足够小心了。

九点过后,雪江仍未回家,妈妈先是往她同在戏剧部的朋友家里打了电话。那家住得比多田家远,对方回复说自家女儿也还没回来。于是妈妈暂且压下了心头的担忧。暑假最后一天,雪江一定是过于专注而走晚了。以前她也晚归过,最迟的一次过了九点半才到家。

但那时候,她在站前打了电话回来。

据说这次妈妈盯着时钟,心里直犯嘀咕。爸爸总是很晚才回来,夜里十一点前不会到家。妈妈独自等在家里,一边心不在焉地听着电视里的声音,一边竖起耳朵焦急地等待着屋门开启的声音。

十点到了,妈妈再次拿起电话听筒。这一次,早先打过去找的那个朋友已经回家了。她说,她们七点半一起离开了社团活动室。妈妈没等对方说完就挂断电话,转而打给雪江别的朋友。每个人的说法都一样,下一个朋友是,再下一个也是。

给学校打电话的时候,妈妈的膝盖开始打战。值班的老师接了电话,说多田七点半就走了。

"她还没有回来。可其他的朋友都已经到家了。"

听了妈妈的话,老师说:"我马上就过来。沿途在多田可能去的地方找找看。"

挂掉电话后，妈妈飞奔出门，一口气跑到了公交车站。因此，她去时没有察觉路上的异常。她在公交车站数了三辆公交车到站才又离开，心急如焚地目送亮着空车示意灯的出租车徒然穿过热带夜①浑浊的空气，后来她想到，自己有可能是和回来的雪江走岔了。这个念头拽着她折返回家的路，这一次，她注意到了。

右手边是公园，左手边是在建工地。苍白的路灯俯照着两车道的路。身为有着妙龄女儿的母亲，那条路通往她想象力中最黑暗的地方。

那里，遗落着雪江的一只鞋子。

一树当然没有亲眼看到那个场面。但是，他想象得出来。

盛夏的柏油路，白天在太阳的暴晒下积攒的热气，将耗费整晚来释放，妈妈久久地站在那热气蒸腾的柏油路正中间，低头看着那只鞋。她最先的反应是什么呢？是捡起鞋子，还是发出悲鸣？

于是一树想起来了。想起那个时候自己身在何处、在做些什么。

那时他刚结束工作，离开公司。夏日炎炎，他和同事们有约，正欲前往附近酒店只在夏日开放庭院营业的啤酒屋。

"雪江没回来。已经报警了，总之快和家里联系！"

直到隔天凌晨一点后，一树才在电话录音中听到妈妈惊

---

① 在日本气象厅的用语里，指夜间最低气温超过二十五摄氏度的夜晚。

慌失措的声音，那个时候，喝下去的啤酒大半已经变成汗液流走了。

当时的情形至今历历在目。刚回到家，他就发现答录电话机的红灯在闪烁。这是常有的事，普通又寻常。然而当他按下播放键后，听到了此前从不曾听过的妈妈变了调的声音。

一树仓促赶回老家。此后的三天，多田家的三个人在等待雪江、寻找雪江、时刻担忧着雪江中度过。他们失魂落魄，眠浅易醒。但当辖区警署的刑警打来电话，终结了充满煎熬的等待时，一树却宁愿地老天荒地等待下去，宁愿这电话是一个谎言，是一场梦。

刑警抱歉似的压低声音告诉他们，雪江的遗体被发现漂浮在江户川河口附近的水面上。

门开了，新的客人走了进来，是一对年轻的情侣。女人脱下湿透的雨衣，又从包里掏出手帕，擦拭男人西装的肩膀部位。

时钟的指针指向了十一点。一树仍独自面对着桌子，蜡烛也还未点燃。

说起来，那天也下着雨。接到告知雪江遗体被发现的那通电话后，一树透过老家厨房的窗户，凝望着夏末阴沉沉的天空中落下的大颗雨珠。雪江是自何时起，漂浮在这雨水注入的河水中的呢？他边想边用手扶住了窗框。

这就是原因吧，想起雪江时总会下雨的原因。因为那孩子的魂魄迄今仍淋着雨，仍漂荡在水中。

从尸检的结果来看，雪江是溺死的。她的腰骨和左侧大腿骨骨折。父母似乎没有立刻反应过来这意味着什么，但一树明白了。负责此案的刑警也清楚只有一树明白了。

"究竟是怎么回事？"

母亲带着一筹莫展的神情嘟囔着。一时间，刑警为难地看着一树。一树觉得自己的声音像是冻住了，张不了口。

"雪江是从什么地方掉进了河里吗？所以才会漂到那种地方去，是吗？"妈妈问，"是这样的吗？回答我呀，是不是，一树？"

可到底是从哪儿掉进河里的呀……妈妈就像缠人的小孩，不停地念叨着。我们家附近没有河啊。

此时，垂着头的爸爸默默地伸出手，握住了妈妈的手。啊，爸爸也明白了，一树想。虽然这件事超出了我们普通人的想象，虽然它过于残酷，以至于我们不愿去想。

"大概还需要进一步调查才能得知详细的情况。"爸爸说着，为了搂住妈妈的肩而站了起来，"总之今天就先这样吧。内人需要休息一下。"

爸爸对刑警说完，带着妈妈走出了房间。其间，妈妈一直在小声地嘀咕。喂，雪江是溺死的吗？她是从哪儿掉进河里的？

确认父母已关上门离开后，一树问："是车？"

刑警点点头："恐怕是的。"

雪江被车撞了。就在那条路上。肇事司机没有带雪江去医院，也没有拨打119；相反，他庆幸无人目击，用车带走了雪江。然后，他找了个更加僻静无人的地方，将雪江丢进了河中。

溺死意味着，在被扔进河里时，雪江还活着。

"为什么不直接逃走？"一树不由自主地喃喃，"丢下她逃走不就可以了吗！"

雪江可能失去了意识。但腰骨和大腿骨骨折虽是重伤，却也不至于当场毙命。如果把她丢在原地不管，妈妈奔向公交车站时就能发现她，就能立刻送她去医院了。

"难道是以为她看到了车牌？"

一树想要一个答案。就算是做出如此残忍之事的人，也应该有其理由。一树想知道这个理由。若能理解对方为什么要这么做，满腔怒火便能找到宣泄的出口。

刑警目不转睛地盯着一树的脸，两只粗壮大手的指尖分分合合。他就像是虽然必须举起极为棘手的东西转交给一树，却不知道该怎么做。

过了一会儿，他低声说："媒体正蠢蠢欲动，所以这事早晚也会传到你们耳中。"

一树抬起头，盯着刑警的脸。

"实际上，东京都内发生过两起类似的案件。从手法来看，令妹的案子应该也是同一犯人所为。"

"……什么意思？"

"被害人都是身穿学校制服的高中女生。"刑警继续说道，"被投入河中的案例尚属首次……但在前两起案件中，一名被害人被一直带到秩父一带，从山坡上被丢了下来。另一名被害人……可能因为伤势过重，在被带走的途中死于车内，所以被犯人丢弃在了青山陵园附近的路上。"

一树这才明白刑警的言外之意。

"你是说，是故意犯罪？"

刑警无言地点了点头。

"故意的——起初就是打算撞她才开车靠近的，所以，所以……"

"我们认为视其为凶恶犯①较稳妥。"

"可是，目的是什么？"一树提高了声音，"对方可是高中女生啊！身上不会有多少钱。是为了恶作剧？还是图谋不轨？雪江被糟蹋了吗？"

脱口而出的这句话伴随着不祥的回响传回自己耳中。为了否定它，一树再次提高了声音："雪江被糟蹋了吗？"

刑警沉稳地回答："令妹和另外两名高中女生身上都没有发

① 日本刑事犯类别之一，特指犯下杀人、抢劫、纵火和强奸重罪的犯人。刑事犯共六种，除凶恶犯外，还包括粗暴犯、盗窃犯、智能犯、风俗犯和其他刑法犯。

现相关迹象。她们的随身物品都不见了，不过正如您刚才所说，我们不认为犯人的目的在于盗取财物，犯人应该是为了销毁罪证而拿走的。"

"那，到底是为了什么……"

答案只剩下一个。虽然难以置信，但也只有它了。

"一开始的目的就是杀人吗？"

刑警一个劲儿地眨巴着眼睛："除此之外没有其他解释了。"

"是为了取乐干的？开车追逐高中女生，撞倒她们，拖进车内，再随意找个地方丢掉。他乐在其中吗？"

刑警沉默不语。一树也说不下去了，他只是死死地盯着对方的脸。

"你们会逮捕他的吧？"

终于，一树说出了唯一的一句话。其他想说的、想问的，都没有了。

"一定会逮捕他的吧？"

"一定。"刑警回答。

第二天，各家报纸一齐报道了案件的详情，并重新刊登了前两起案件的详细报道，列出将三起案件视为同一犯人所为的事实依据。

本就受到刺激而精神恍惚的妈妈，这下更是遭到了致命的打击。结果她连雪江的葬礼都无法出席。

　　身为丧主的爸爸，哪怕话筒被递到手中，也说不了出殡致辞，只得由一树代替他向前来吊唁的宾客致谢。一树拿过话筒时，身旁有位亲戚想接过他抱在怀里的雪江遗像，然而一树不肯放手。他单手紧紧地抱着遗像，说完了致辞。

　　雪江的遗体并未呈现出他们所忧惧的惨状，她的脸很平静，令她的死看上去宛如沉眠。我有多少年没看到过妹妹的睡颜了呢？一树想。

　　守夜期间也好、葬礼期间也好，一树都没有流泪。他站在那里，听着雪江同学们啜泣的声音，宛如一具空壳。耳边有虚无的风刮过。降临在妹妹身上的灾厄毫无道理可言，可当时，他甚至都无法对此感到愤怒。至少在一树能够有意识地打开的心灵抽屉中，愤怒的力气已荡然无存。

　　葬礼结束的那天晚上，爸爸同妈妈娘家的亲戚商量，打算暂时将妈妈托付给他们照顾。与此同时，一树独自来到玄关——雪江第一次走路时差点儿跌落的玄关。台阶的高度从没变过。他坐在上面，抽着大学毕业时就已经戒掉的香烟。

　　冷不丁地，他想起了雪江的话。

　　哥哥不在的话，我走夜路回家该害怕了。

　　因为没开门灯，玄关前一片漆黑，唯有香烟头亮着一星火光。

扶着墙走路的雪江。曾站在此处的雪江。发现了一树的身影,笑眯眯地从墙上放开手,想向他走来的雪江。人生初始的一步、两步、三步。那时被他接住的雪江小小的身体上,还散发着甜甜的奶香。要怎么做才有可能知道,彼时开始独立走路的她,脚下的路竟通向了这样的结局?

那个时候,明明接住了她。那个时候,明明没有让她受一丁点儿的伤。

哥哥不在的话……

一声呜咽陡然翻涌上来,一树用手捂住嘴。香烟滚落在他的脚边。

在呜咽的潮水退去之前,一树就这样一动不动,抱头坐着。在此期间,香烟燃尽了。

接着,那个想法便在脑海中浮现出来,缓慢,淡然,宛如清泉涌出。极其自然,无比清晰。

我要杀了那家伙。

一树用双手撑着头,感到脚稳稳地落在了内心深处最坚固的岩石上,他在心中喃喃自语。我要杀了让你遭受如此不幸的混蛋。我绝不允许那家伙随心所欲地行走在你长眠的天空之下。

我一定,会杀掉他。

时钟的指针持续在走,一树也依然在等。不多时,店里只剩下他和在他之后进店的那对情侣了。

　　尽管他只续了咖啡，但服务生并未摆出嫌弃的表情，反而投来了略显同情的目光。一树本打算做做样子点个餐，反正晚饭也没好好吃。可他想起来时已经太晚了，零点已过。

　　雨还在下。天气预报说雨要下到什么时候来着？

　　为了抚慰无处安放的心，他开始回顾报纸报道的内容，尝试着在脑中重现。荒川的河川占用地。男女四人的焦尸。已被烧焦至碳化的人体。

　　其中一人已来到车外，烧死于河滩上。他一定是打算逃跑。以为跑起来逃走的话，就能甩开她。

　　说起来，她是如何结识这几名男女的？不，比起结识，尾随并瞄准目标的说法是否更为准确？而且一次就瞄准了四个人。虽然知道她做得到，可她到底是按什么步骤推进的？

　　想到这里，一树脑中灵光一闪，不由得从椅子上欠起身。接待他的那名服务生正无所事事地待在吧台旁，敏锐地捕捉到这个动作，打算迎上前来。

　　然而一树像被束缚住般动弹不得，只是凝望着虚空眨眼睛。刚刚回忆起的词句在脑中驰骋。

　　焦尸。男女四人。

　　其中的"女人"，该不会就是她自己吧？

　　服务生来到近前，神色诧异。一树只觉得腋下冷汗直冒，回过神来才意识到自己的手在颤抖。

"请问有什么需要？"

服务生开口询问，一如既往地彬彬有礼。

"啊……不，没有。"

一树语无伦次地回答，服务生转身打算离开，一树心念一动，冲背影招呼道："请问……"

服务生转过头："是？"

"其实，我在等一位常来这里的女客……"

服务生是个才二十岁左右的年轻人，可能是在这里打工的大学生。

"女客是吗？"

"是的。她独来独往。一个人来，喝一杯葡萄酒，消磨一个小时左右离开。尽管一个人，但有空位的时候，她会坐在桌位。她说喜欢这里临窗的位置。"

"哦……"服务生一本正经地歪头思考。待在吧台的其他服务生都将视线集中了过来。有人唇边浮出了笑意。

"你一直在这里工作吗？"一树问。

"不，才来一年左右。"

年轻的服务生下意识地用了平语。大概他自己也意识到了这点，露出了不好意思的神情。

"而且总是上晚班。"他补充道。

“是吗……我想那位女客一般也是入夜后才来，而且是比较晚的时间。你没有印象吗？中等身高、中等身材——不对，稍微偏瘦一些。齐肩发，没有烫过。”

或许吧，如果她这两年没变的话。

“独自来的女客是吧？”

“是的。在这样的店里不多见吧。”

服务生为难地笑了一下，向身后的同事们转过头去。

“偶尔也是会有女性独自前来的。”

“可是，你不记得她吗？她应该经常来。乍看很朴素，不过细看的话是个美人。她不化妆……几乎不化。”

笑容在服务生的脸上绽开，和此前的职业微笑不同，那是真的觉得好笑的笑容。

“我去问问其他人。”

丢下这句话后，服务生回到吧台。他的同事们脸上都充满了好奇。

一树已经顾不得尴尬了，他的脑袋被别的事占据得满满当当。难道她打那之后就再也没有来过这里？如果她始终没来过，那就意味着——

不要找我。请只关注报纸。

意味着她死于昨日吗？男女四具焦尸。混在其中的唯一一名女性，就是她自己吗？

被烧得连身份都无从得知。

关注报纸。

假如她已经死了，那自己再怎么等也等不来了。

是这么回事吗？那天她的话语中，就包含着杀人时她自己也会死的意思吗？

还是说，在杀死目标人物时，发生了不测，导致她自己也没能脱身？

这是有可能的。一树独自点着头。女性尸体在车后座上，而且是三门车的后座。她出不去，和其他两名男性一同烧死在车内。逃出去的唯有驾驶座上的男性……

一树一看到报纸，就条件反射地冲来这里，但静下心来想一想，这种情况是有可能发生的。

偶尔也会发生我应付不了的状况。能力会擅自发动。

就像枪支走火似的。她曾这样说过。

"客人……"

是刚才的服务生。他的脸颊抽动着，似乎在强忍笑意。

"其他人也没有您方才打听的那位女客的线索。"

"是吗……"

"我们在这儿工作的时间都不长。和厨房那边不一样，这种工作换人很频繁。因为是兼职，也不太会注意客人的相貌。"

虽然沮丧，但一树还是点点头说："这就可以了，尽问你奇怪的事，对不住。"

"没什么的。对了……"

"嗯？"

"您还要咖啡吗？"

结果，一树一直在店里待到凌晨两点打烊。他独自走向门外时，全体服务生都目送着他。明天以后的一段时间内，我会成为他们绝佳的谈资吧，一树漫不经心地想。

03

雨一直下到早晨。伴随着雨声，一树整晚都没睡踏实。

到了公司，等着他的还是一成不变的工作。早会后，因为当日的计划是去走访客户，他便提着包出门了。业务部的女职员半开玩笑地冲他打招呼，问他脸色不好是不是因为宿醉。

就连去拜访客户关东管财时，每个月必定会见上一面的对方负责人也说他今天没有精神。一树自入职伊始就和这位材料科的加藤科长有往来，还是新人时就受益匪浅。在年龄上，加藤科长也更接近于一树的父亲。

"看来就连多田君这样的年轻人，承受的压力也够呛啊。"文件交接结束后，加藤科长伸手接过女职员端来的热茶，"你入职几年了？有三年了吧？”

“就快五年了。”

“哎呀，都已经那么久了？是到了要撞上第一堵墙的时候了。”不知怎的，加藤眼露怀念地说，“到了这时候，会因为干什么都不顺，而开始考虑要不干脆辞职算了。我以前也一样，差不多是在进公司的第六年吧。我甚至还在胸前的口袋里揣着辞呈上班……”

说到这里，加藤停了下来。他露出恍然大悟的样子，窥探着一树的脸色：“难道说……是吗，令妹的忌日就在这几日吧？”

一树赶紧摇头：“不，不是的。是在九月。”

加藤微微皱起眉头：“是吗？”

“嗯。她是暑假最后一天失踪的。”

加藤科长很清楚降临在雪江身上的不幸，也出席了葬礼。除了是和一树关系亲密的客户外，加藤也有两个女儿，所以他曾说自己“感同身受”。

不过，毕竟已经过去两年了……

“难为您还记着我妹妹的事。”

加藤的表情黯淡了些：“不可能忘的。你也受苦了。不，即便是现在也很不好过吧。”

那个时候，葬礼虽然结束了，凶手却仍然逍遥法外。一树即使留在家里也无事可做，坐立难安之下便回公司上班。他感激来自周围的关心——他知道自己必须如此，可是仍会觉得在雪江惨遭不测后还在如常运转的日常极其怪诞荒谬。为什么会一切如常？明明出了那样的事，为什么我仍坐在桌前，打着电话、处理着文件？一旦他冒出这种想法，便想抛下一切，不管不顾地夺门而出。

公司之外的人里，最先言及此事的正是加藤科长。

"如果有我能做的事，你尽管开口。"他对定期前来走访并感谢他出席葬礼的一树说，"我也知道自己做不了什么，但如果有我能做的，我会尽力而为。"

他就是在那个时候告诉一树，自己也有两个女儿的。

想到当时那一幕，一树不禁脱口而出："记得那时，我对加藤科长说了很可怕的话。"

加藤将茶杯停在嘴边，眨了眨眼睛："可怕的话？"

"是的。我说我要杀了凶手。"

确实如此。一树记得清清楚楚，那是他初次向周围的人吐露自己暗下的决心。他至今也没想明白，对象为什么会是公司外的人，而且还是客户那边的科长。不过，那时的一树在"节哀顺变"或"打起精神来"等安慰的话语中几近窒息，也许对他而言，只有加藤的这句"我会尽力而为"是他能够吐露真心的唯一出口。

"这么说，确实有过。"科长说着将茶杯放回桌上，接连点了好几下头，"你说那句话的时候，是认真的吧？"

"是认真的。"

加藤抬头瞥了眼一树的眼睛："现在也还那么想吗？"

一树迟疑了。他思索着该选择什么样的言辞来做出最正确的回答。

然而加藤科长抢先说道："即使你那么想也无可厚非。我问了不该问的，真是抱歉。"

一树沉默地低下头。

离开关东管财的办公楼，一树向车站走去。他边走边想，如果自己刚才回答"对，我是认真的。再认真不过了。我曾经认为除此之外无路可走。所以那时候，我其实已经试着动手了"，加藤科长会是怎样的反应呢？

我得到了强大的武器，所以试着动手了。

强大的武器。

没错，她就是强大的武器。武器自己走到了他的身旁。

雪江葬礼后过了十天左右，嫌疑人浮出了水面。多田家的两个人——一树和爸爸是从刑警的口中得知的，对方只比新闻报道早半天到访。

刑警的语气相当谨慎。两人在听完刑警的话后，明白了他谨慎的理由——警方的搜查迟迟没有进展。

"说实话,这名嫌疑人并不是我们调查出来的。"

当时的爸爸好似木雕泥塑,已无法仅用沉默寡言来形容了。刑警大概也意识到了,所以话主要是对一树说的。

"这是什么意思?"一树问。

"有人暗中提供了情报,完全是意外所得。"刑警一脸苦相。

"就是前天刚发生的事。"刑警接着说,"我们逮捕了以新宿、涉谷一带为主要根据地活动的甲苯①私贩集团。毒贩都是成年人,不过也有几个未成年人混迹其中,被一并抓了回来。"

"是买方吗?"

"是的。三名年龄分别是十六岁、十七岁和十八岁的少年。他们都有被纠正辅导过的前科,是所谓的无业少年。在风纪科和少年科都是老熟人了。"

其中十八岁的少年在接受风纪科刑警问讯时,声称自己知道高中女生被杀案的犯人是谁。

"他们总是谎话连篇。"刑警断言,"有的时候,撒谎是为了和我们做交易,有的时候仅仅是为了反抗我们,故意说些不着边际的废话。不过一码归一码,风纪科的刑警不敢掉以轻心,询问了详情。"

刑警继续说:"我们姑且将那个少年称为'A'。据 A 说,高中女生被杀案在他所属的团伙中——其实充其量只是一伙狼狈

---

① 一种无色、带特殊芳香味的易挥发液体,毒性强,有致幻效果。

为奸的小混混——早就尽人皆知。犯案的是一伙人，但他们不属于 A 的团伙，A 自己没和他们打过交道。可是他听说过传闻，知道犯罪团伙成员的模样，甚至还知道其中一人的名字。"

"既然如此，他为什么不早点儿告诉警察？"

在足有三人被杀害之前。在雪江被杀害之前。

"因为说了也得不到任何好处，"刑警说，"而置之不理对他来说没有坏处。不仅如此，随意将情报透露给警察的后果不堪设想。"

一树沉默了。他还能说什么呢？即使试图向那种人说明这件案子的性质不是没有好处就可以闭口不提的，恐怕也说不通。

"不过这一次，向警察透露情报有了价值。A 不仅沉迷于吸食甲苯，也会充当毒贩。虽说是未成年人，但这次被捕后等着他的，可不是能够轻易蒙混过关的处罚。他自己应该也清楚得很，所以才想说出来将功抵过。"

"那你们根据 A 的话进行调查了吧？"

"当然。"刑警用力点点头，"确实，A 周边的不良少年团伙中，有关高中女生被杀案的流言沸沸扬扬。我们追本溯源，终于挖出了 A 所说的那伙少年。"

一树探身向前："能逮捕他们吗？"

"我相信能。"刑警直视着一树的眼睛说。然而，面对这份热忱，一树反而感到不踏实。同样令人不安的是刑警选择的回答方式，不是"能"，而是"相信能"。

"光是这种间接证词，无法成为证据吧？"

"的确。所以我们现在正尽全力核实情报、查找物证。"

"不会错吧？那些家伙确实可疑吗？"

刑警欲言又止，有些在意仍然一言不发的爸爸。一树提高声音说："不用顾虑，请告诉我！"

刑警低声说："据说那几个涉案少年，到处向其他团伙里的人炫耀自己杀了高中女生。"

一树的脑袋里顿时一片空白。

"炫耀？"

"'那是我们干的。警察之流有什么好怕的'。"

一树瘫软在椅背上，像是喘不上气来。

"你还好吧？"刑警凑上前。

这时，始终缄默的爸爸吐出一句话来："即使他们被捕，因为是未成年人，也问不了重罪吧。"

一树凝视着爸爸的脸。爸爸脸色苍白，放在膝盖上的手颤抖着。

"我们会收集铁证，一定将他们所有人绳之以法！"

天气明明不热，刑警却做出了擦拭额上汗水的动作。

"刑警先生，"一树说，"警察会跟他做交易吗？"

"交易？"

"你刚才不是说了吗？就是那个因甲苯被捕的少年 A。作为提供情报的回报，警察会对他网开一面吗？"

"绝无可能！"刑警斩钉截铁地说，"那些小混混也不知从哪里听来的说法，这只不过是他们的一厢情愿罢了。"

至于后来少年 A 具体受到了什么惩处，一树无从得知。不过他认为对方并没有被重办。因为之后得知嫌疑团伙浮出水面的记者们频频上门采访时，他听其中一名记者说，提供了最初情报的不良少年一直在说："被害人家属不拿出点儿酬谢金意思意思吗？"

警方的搜查毫无进展。

不，进展或许是有的，只是并非朝着对破案有利的方向。连日来，各家报纸虽然都刊载了后续报道，却都像商量好了似的写着"物证不足"，甚至还在报道开头附上了嫌疑少年父母的声明：称无辜之人为犯人是侵犯人权！

一树不动声色地关注着事态的发展。不管警方如何，对他而言，需要的是信息而不是证据。此后每次听取刑警告知办案进程时，哪怕是对己方不利的情况和间接证据的累积，他都要求对方据实相告。

刑警说，该涉案团伙作案时总是开偷来的车。团伙中领头的是名十七岁少年，他也是炫耀杀人行为的第一人。其父经营着一家二手车销售公司,因而该少年捣鼓起汽车来驾轻就熟。现在的汽车,防盗机制日新月异,偷车并不像电视剧里表演的那般简单。技术、知识和道具缺一不可。警方认为或许可以先顺着这个方向深挖。

"那个少年真的向同伙炫耀了吗?"

"很多人声称自己听到过,而且是在同伙内部。"

"他像是做得出那种事的人吗?"

"这个问题很难回答,不过,如果你是指他过往品行是否存在争议,我能够回答的是,即使是他做的也不足为奇。"

一树追问那个少年过去做过什么,刑警却不肯透露详情。

"他叫什么?住在哪里?"

刑警也没有回答。

"您不告诉我,是因为我是被害人家属吗?"

"不是这样的。因为对方目前还只是嫌疑人而已。"

"而且还是未成年对吧?"

刑警沉默了……

午后,一树回了趟公司。天色还是阴沉沉的,他伏在桌前撰写一份简要报告书,这期间雨下了下来。

"哎呀真讨厌,又下雨。下起来没完了。"大概是过来办事,总务部的有田女士走近一树,冲他招呼道,"怎么啦你?愁眉苦脸的。"

"好像是宿醉。"旁边的同事调侃道。有田女士笑了,但等那位同事离开座位后,她来到一树的桌旁,收起脸上的笑容。

"怎么了?"

"没什么。"

"是吗……今天开早会时,我就觉得你的样子不太对劲。"

"有点儿睡眠不足而已。"

有田女士试探似的看着一树的脸:"是因为令妹?"

是大家都很敏锐,还是看过新闻报道后,我的脸上就写上了"雪江"两个字呢?不知哪个才是正确答案,一树想。

"别误会,我没想打听什么。只是,多田君神情晦暗的时候,多半是因为令妹的事。"有田女士找补了一句。

就在她准备离开时,一树叫住了她:"有田小姐,午饭还没吃吧?"

有田回过头:"是呀,今天轮到我当值接电话。"

总务部的女职员会轮流在午休时间接听电话。这么一说,有田女士确实抱着一本联络本,那是记录午休时间打来的电话以通知各相关部门用的。

"能耽误您一点儿时间吗?"

两人出了公司。附近有不少提供午餐的咖啡店。有些话一树不想在员工食堂里说,所以迈步向那一带走去。

　　选好一家店落座后，有田女士神色严肃地问："什么事？"

　　直到叫住有田女士之前，一树都没考虑过要向她打听什么，也没有具体的想法。他只是想到，有田女士或许是公司内唯一熟悉她的人。

　　"您可能会觉得我唐突。"

　　"好啦，说吧。"

　　"您还记得一个叫青木淳子的人吗？"

　　那是她的名字。青木，淳子。若不是因缘际会，他便不会知道的名字；哪怕在公司内擦肩而过，也不会出现在脑海中的名字；明明说过好几次话，却仍然无法留在记忆里的名字。

　　有田女士歪了歪头："青木？"

　　"是的，两年前在邮件部工作的女孩。"

　　有田女士用服务生递过来的热手巾擦着手，同时"青木、青木"地小声念叨着。

　　"很不起眼的女性，辞职时也很突然。"

　　有田女士的脸色一亮："啊呀，你是说那个青木啊？嗯，记得，是个很乖巧的女孩。对对，她说辞职就辞职，打得邮件部措手不及。因为她可一向是个工作认真负责的姑娘。"

　　"您和她有来往吗？"

　　"'来往'是指？"

　　"经常聊聊天什么的……"

有田女士笑了:"这个呀,因为我们和邮件部靠得近,碰见就说几句咯。不过,对年轻的女孩子们来说,我的存在会令她们感到局促,谁叫我什么事都管呢!掏心掏肺的话是不会讲的啦。"

"那您知道谁和她走得近吗?"

"不知道哎。"她假装板起脸,抱着胳膊,眼神稍带戏谑地瞪着一树,"你又为什么想知道?"

一树没有笑。本来他也想好歹得赔个笑脸,但试着说出她的名字后,他才意识到自己一直板着脸。

"我是认真的。"

有田女士绽开灿烂的笑容:"当然是认真的,多田君就是认真的人呀。"

这一下,一树也笑得出来了:"不是的,不是有田小姐想的那样。"

"那你认为我是怎么想的?"

"无非是以为我们以前交往过什么的。"

"哦?"有田女士逗他道,"那实际呢?"

"我有点儿事找她,所以想联系上她。"

有田女士目不转睛地注视着一树。点的食物被端了上来,直到服务生离开,她都保持着这个姿势。

"是有什么原因吗?"她问。

"是的。"

有田女士叹了口气："什么嘛，真没意思。"紧接着她又笑了，"骗你的，说没意思是骗你的。不过很抱歉，我也不怎么了解青木。以前就不了解，更别说现在了。"

"她在公司里没有朋友吗？"

两年前，她本人就说过：我要和其他人保持距离，那样才安全。

可是，我想帮上多田先生的忙，所以……

"她要是有朋友，就不会那样子辞职啦。"有田女士说，"她给人一种孤独感。你也知道，邮件部的职员本来就不是正式员工，人员变动也很频繁。尽是些抱着兼职心态工作的姑娘，都待不长。青木也——多久来着，也就三年左右吧。即便如此都算是干得久的了。走后和我们的联系自然就断了。"

"是吗……"

虽然有心理准备，但果然是这个结果。

"你为什么想联系她呢？"有田女士的语气认真了起来，"如果你的理由充分，我也不是不能帮你翻翻总务部的老名单什么的。谁让这是多田君你的请求呢。"

一树明白即使那么做也无济于事。两年前她刚消失那会儿，他就曾拜访过她登记在职员通信册上的地址。是间小小的公寓，然而她在辞职的同时也搬离了那里。一树找到房东，谎称公司还有未付清的工资，想打听出她新住处的地址，不然父母的住址也行。结果一个都没问到，因为房东也一无所知。

她没有担保人，破例交了半年押金，我才让她住进来的。我们也只知道她的工作单位。东邦制纸对吧？是很可靠的公司。是吗，她连工作也辞了啊？搬走时，她从清算的房租，到电费、煤气费全都付清了。

"她是个好姑娘。"有田女士边往嘴里送着咖喱饭边说，"又肯干，又乖顺。"

房东也这么说。真是个好房客，爱干净，又懂礼貌。

想必在任何人看来，青木淳子都是这样的姑娘。好孩子，不起眼，没有存在感。她平平无奇，也不是美人，一点儿自己的主张都没有，因为认生而不善于与众人往来。

会呼吸的幽灵。

然而，就在这样的青木淳子脑中，有一个特大的喷火器。

那天——和淳子见面的那一天。

那个时候，甚至连只能通过报纸和电视新闻了解案情的无关人员，也知道警察的搜查彻底陷入了僵局。被视为嫌疑人的少年们虽然接受了长时间的审讯，对罪行却都矢口否认，导致警察掌握不到任何线索。物证上也依然没有突破。

可是一树已经不在乎了。在内心深处，他对事实早已确信无疑。他反复琢磨从刑警们那儿听来的情况，阅读报纸，向频繁来访的记者们诉说被害人家属的心情、讲述雪江生前的往事，以换取刑警们不会向多田家透露的情报，而这些都指向了同一个结论。

杀害雪江的，就是那伙被当成嫌疑人的少年。主犯是刑警口中的十七岁少年——有个经营二手车销售公司的爸爸、到处向同伴们吹嘘案情的少年。

为了打听出他的名字和住址，一树将雪江初次走路时的轶事告诉了某家女性杂志的记者。媒体对这类故事情有独钟。一树认为，若是为了锁定罪魁祸首，雪江也一定不会反对自己以回忆来进行"交易"。

少年的名字是小暮昌树。他从都内高中辍学后，一直在家游手好闲。刑警虽然不曾透露，但他过去曾多次受到警方的调查，案由是一次人身伤害、两次乱用稀释剂，还有一次是对女性实施暴力。

"那小子声名狼藉。"女性杂志的记者说，"早在昌树初一时，小暮家附近就发生过一系列恶性的恶作剧事件，家养的猫狗和公园里的鸽子不是被割掉爪子和耳朵，就是被捆起来投入河中。据说，那时街坊四邻就传言是昌树干的。他喜欢虐待动物的事早就传开了。"

昌树家境富裕，父母都是正经人。他是次子，大他两岁的长子在学校成绩优异，在邻里中的风评也极佳。

"可就连他哥哥也在大约两年前受了重伤,被救护车送去医院。他妈妈拼命澄清,说是在浴室摔倒时,打破了门上的玻璃,割伤了手什么的,可流言仍甚嚣尘上,人们都认为多半是被昌树刺伤的。"

被贴上凶案嫌疑人的标签以来,周围的人们看昌树的眼神越发冷漠。他本人倒是不以为然,对蜂拥而至的媒体采访来者不拒。

"不知他是怎么想的,怕不是想过名人瘾吧。"

我是无辜的,警察蛮横专断——

"他在同伙中也依然吃得开。还叫嚣'无凭无据,有本事就来抓我啊'。那家伙虽然性格扭曲,头脑却不差,是个令人毛骨悚然的小鬼。"

事实上,一树从那名记者口中打探出情报的几天后,小暮昌树就在其父的陪同下召开了记者会。一树通过电视观看了那一幕。

那少年又高又瘦,相貌周正,染成茶色的长发中分,烫着波浪。他穿着带 logo 的花哨运动服和牛仔裤,起初将双手插在口袋里,被他父亲发现后纠正了过来。

至于小暮的父亲,其外貌和身材可以替换成一树在客户中见过的任一管理层人士,他自始至终都在用愤激的语气说话。犬子是无辜的。没有证据。不正当的审讯。所以犬子才会现身公开场合澄清……发布会开到一半，一树就只看与他们同席的律师的脸了。在小暮父亲愤慨地呼吁人们同情其子的遭遇之前，戴着无框眼镜的律师总会微低下头，摸摸眼镜腿。到了发布会的最后，一树意识到那恐怕就是小暮父亲的"愤怒开关"，他们早就设计好了，律师一摸眼镜腿，小暮父亲就自动吐出愤怒的台词。

犬子是无辜的。

那他为什么到处吹嘘自己杀害了高中女生？

他没有被怀疑的理由。

那他为什么要叫嚣"有本事就来抓我"？

就是你干的！

内心做出宣判后，一树关掉了电视机。就在第二天，淳子叫住了他。

"是多田先生吧？"

一树当时正要乘上公司便门附近的那台电梯，便听到背后有人喊他。

回头一看，她站在那里，身穿浅色系的女式衬衫和白裙子，双手在胸前抱着挎包，郑重其事地看着他。在一树眼中，她像极了腼腆的高中女生。

"是我……"

"我是邮件部的青木，青木淳子。"说着，她飞快地鞠了一躬。

尽管时间已过了晚上八点，对一树而言，此时下班仍会有种"不如今天就早点儿回去"的感觉，但这个时间段，女职员尤其是邮件部职员通常不会还逗留在公司。

"邮件部啊，一直以来承蒙关照……有什么事吗？"

她露出在意周围的眼神。正门前厅里没有别人，接待处和正面出口已经关闭，除了便门这一侧，其他地方的灯都已经熄了。唯有警卫室的方向还有人声传来。

"这里说话不太方便。"她语气生涩，话里充满了顾虑。

"你有话对我说？"

她露出相当为难的神情，将包抱得更紧了些，低垂着头。

"找我有事？"

因为她态度不明，一树又问了一遍。这次她扬起脸，像是下定了决心，语速飞快地小声说："是关于令妹的案子。"

事出突然，一树措手不及，当下哑口无言。公司里的女孩会想和自己谈这件案子的什么方面呢？

这时，淳子说："我想，我或许能帮得上多田先生的忙。"

"帮得上我？"

淳子再次环顾四周，确定没人后，她走近一树。

"我认为那个犯人是不会被捕的。"

一树默然地凝视着她。

“所以，多田先生决定杀掉犯人，对吧？”

我知道你想做什么。所以，我想帮你。她说这话时的声音，以及当时她嘴唇的开合，一树迄今仍能在梦里听见、看见。

就这样，她将一树带到 Parallel。她说想一个人发呆时常来这里，她喜欢这家店。然而，这恐怕不是她的真心话，她是因为这家店里有蜡烛，才选择了这里。

刚在桌前落座，淳子就立刻吹灭了点着的蜡烛。一树那时还想不到这个举动的含义，他只是木愣愣地在心里思量着，身为同样年轻的女性，这个对雪江所遭受的灾厄显得过分同情的姑娘有些古怪。

“多田先生打算杀掉犯人——至少要杀了那个身为主犯的男孩，对吧？”

淳子微微板着稍显苍白的白皙脸庞，开门见山地说。

“这……如果那家伙真是犯人的话，我当然想杀了他。但是——”

“但是——”

“那是警察的工作，要不就是法院的工作。反正不是我们可以擅自干预的，哪怕是被害人家属也不行。”

淳子将视线移向窗外，嘟哝了一句：“你在说谎。”唇边还浮出一丝浅笑。

"我为什么要说谎——"

淳子打断一树,直视他的脸说:"冠冕堂皇的话就免了。我知道多田先生决心杀掉那家伙,所以我们别再拐弯抹角的了。"

的确,她说得没错。一树已决心设法杀死小暮昌树。他在脑中绘制出模糊的方案,感觉自己的心在逐渐变硬,硬到快要碎掉的地步,他昨夜因此辗转难眠。

"你怎么会知道?"

"我啊,偶尔能够读出人的想法。"

一树哑然失笑:"所谓的心灵感应?"

"是啊。不过,我还是要再说一次,这不是重点。因为任何一个正常人都想象得到,只要多田先生有了机会和方法,肯定会想要杀掉那家伙。"

淳子白皙的脸上没有一丝笑意。不过,她非常冷静,语气平稳,声音轻得有些不太容易听清。

"我能成为凶器。"淳子说,"我能成为多田先生的武器。就如同手枪一样,我可以成为狙击那家伙的工具。这就是我想说的。"

说什么蠢话——一树正欲起身,就见方才被淳子吹灭的蜡烛蓦地蹿起了火苗。苍白的火焰无声地摇曳着。

一树看看火焰,又看看淳子的脸。

"这是怎么回事?"

淳子微笑着:"我点燃了它。"

越来越诡异了。一树这次真的站起身,迈步走向出口。他心里有些发毛。

吧台一直延伸到出入口附近,在其一端,摆着一打未使用的蜡烛。每一根都是新的,竖着插在盒子里。就在一树正要经过的瞬间,所有的蜡烛都同时点燃了。

一树僵住了。除了他没有人注意到。服务生正好面朝着另一边。十二根蜡烛,十二团火焰,晃动着,燃烧着。

一树回过头,淳子正看着他。

意念纵火能力。

事后,一树查了许多辞典寻找有记载的例证,却一无所获。有关超能力的描述倒是散见于各类相关书籍,只是在一树看来,那些书中列举的事例实在是荒诞不经。

淳子说她自婴儿时期起就拥有这个能力。

"直到自己能控制住之前,我被烧伤了不知道多少次,有时伤势甚至严重到不得不去医院。为了不令街坊四邻起疑,父母带着我辗转漂泊。"

说完,她微微抬起手,拨开刘海露出额头。那里残留着约半个手掌大小的烧伤痕迹。

"手腕上也有。"她卷起袖子,靠近手腕内侧处果然也有同样大小的疤痕。

"我完全不明白为什么自己生来便拥有这样的能力。"她淡淡地笑着,"我读了各种书,却找不到有用的记录。这个能力似乎会隔代遗传,不过我爷爷奶奶、外公外婆都死得很早。"

说着,她耸了耸肩:"或许就因为拥有这种能力,才那么短命。"

像被夺走了声音般默不作声的一树终于开口:"不过是能点燃蜡烛罢了,离你所说的武器还差得远呢。"

"可是,就算我想在这里向你展示更大的威力也不行啊,很危险。"

"该不会是障眼法吧。"

仍在怀疑淳子精神状态的一树不想过度刺激她,尽可能温和地说。

"不在这里证明不行吗?光说不行吗?即使我要求换个地方也不行吗?你是不是觉得我不正常?"

一树强作平静地说:"我希望你就在这里证明。"

他认为她做不到。怎么可能会有那种事。

淳子将目光投向窗外,一时间像是在找寻什么。然后,她小声地叹了口气:"虽然很抱歉,但实在是找不到别的了,没办法。"她说,"谁让这里是车辆禁停区呢。"

她指的是一辆停在 Parallel 窗外正前方路上的奔驰车。银白色的车身很宽，像是故意要挡住行人去路似的稳稳地霸在路上。

淳子并未做什么特别的准备，只是凝神盯着那辆车。打电视游戏或观看格外有趣的电影时，人们时常会露出这般表情：眼睛一眨不眨，紧抿着嘴唇，目不转睛地盯着目标。

那天天气晴好。秋意化作凉风，走在夜晚街道上的人们都露出惬意的神情。Parallel门前的路上，人流往来穿行，从未断绝。

一树注意到，紧挨着人流的那辆奔驰——确切地说，是奔驰车引擎盖的角落开始渐渐变色。

引擎盖的边缘，银白色一点一点地渐次转变成深银色。就像被一只看不见的手重新涂成了银色。

一树屏住呼吸。

银色的部分骤然扩大，化为一条银带，达到了引擎盖约莫三分之一的宽度。那不仅仅是单纯的变色，仔细看去，整个引擎盖都开始歪斜。

开始熔化——

Parallel的窗户玻璃模糊起来，至少在一树看来如此。结伴经过的两名女性在奔驰车旁慌忙以手掩鼻。一树这才恍然大悟。

是烟。窗户玻璃变模糊是因为烟。

"不觉得这里很热吗？"窗外的女性说。

一树攥紧双手，不知不觉间张开了嘴巴。

奔驰车的引擎盖如今已通体变银，朝向他的部分凹陷了下去。他能清楚地看到金属在熔解。

淳子的视线纹丝不动。她微皱着脸，像是打算举起略显沉重的行李，也像是抱着寄到邮件部的邮包准备转交给别人。

她的手放在膝盖上。Parallel店内一切如常。

"咦，怎么回事？这烟……"

坐在临窗桌前的客人看着窗外喊了起来。

"喂！外面是不是有什么东西着火了？"

就在这刹那，透过窗玻璃，可以看到奔驰车的驾驶座椅喷出了火苗。灰色的皮面座椅上火光烁烁，凑近也许能闻到皮革味。座椅突然从内侧裂开，熊熊燃烧起来。

"车子烧起来了！"

外面有人喊。窗边的客人们都吃惊地站了起来。服务生也飞奔而至。

接着，车后座的座椅喷出了火焰。车用坐垫也烧了起来。随着"轰"的一声，车身上下晃动。熔化的引擎盖应声而塌。

淳子没有动，视线也没有离开奔驰车。她的双眼眯成细线，膝盖上的双手仍紧紧地握着拳，手背上的血管凸起。

又一声含混的爆炸声响起，奔驰车瞬间矮了半截。是轮胎，轮胎爆了！一树想。奔驰车像一艘即将沉没的小船般倾斜着，车内火光熊熊，火舌在车窗玻璃内腾挪。连玻璃也渐渐变了颜色……

油箱！如果火势蔓延至油箱，后果不堪设想。

一树猛然伸出手，一把抓住淳子的手腕。然而她并未理睬，视线仍牢牢钉在车上，双肩聚力，将手臂撑在膝上。

"够了！"一树说，"住手，我已经明白了，全明白了！"

淳子没有停止，仿佛根本没有听到他的声音。

副驾驶座一侧的玻璃迸裂，火焰喷出，店外传来阵阵尖叫。

"住手！"

大叫的同时，一树一巴掌挥向淳子的脸颊。即使在喧闹的店内，这声音也清脆可闻。

像是被泼了冷水似的，淳子陡然一颤。就在那个瞬间，一树感到她断开了和某个看不见的庞然大物之间的连接。像是强行拔出电线，并扳下了断路器。

远处传来消防车的鸣笛声。奔驰车仍在燃烧。附近有人取来水管开始浇水。或许是太慌乱的缘故，水流很难对准车身。但仍有水花飞溅到引擎盖上，水蒸气腾起，发出了类似往烧热的平底锅中倒入蔬菜时的声音。

淳子深深地呼出一口气，白皙的面颊上浮出了一树手印的红痕。

"你愿意相信我了？"她小声地问道。

我如同一把上了膛的枪, 淳子如是说。

"这一点我清楚得很, 也知道自己有多危险。所以至今没有对外使用过。自我能够控制能力以来, 还从未引发过像今天这样的骚动。"

"为什么你说要为我——为我妹妹使用呢?"

等出了 Parallel, 两人并肩而行时, 一树问道。他虽然还难以相信亲眼所见的一切, 却又说不出让她再证明一次的话来。

"我迄今一直隐藏着能力,"淳子说,"是因为在我发呆、愤怒、哭泣或情绪波动强烈时, 都曾发生过意外。我认为自己不可以和别人扯上关系。"

邮件部的、会呼吸的幽灵。不起眼, 连名字也叫人记不住的存在。

"可我毕竟是一把上了膛的枪啊。"淳子又重复了一遍,"带着一把上膛的枪, 无论是谁, 迟早都会想要扣动扳机的。"

在夜晚的热浪中, 一树感到自己的身体在发抖。

"但是, 我希望扣下扳机时, 能射向正确的方向, 朝着能为谁派得上用场的方向。"

我认为现在就是该扣动扳机的时候了, 所以我来见多田先生……

和昨天一样, 一树冒雨回到家。展开报纸, 上面刊登着荒川河川占用地案件的后续报道。死者身份依然不明，车为失窃车辆。

失窃车辆。一树盯着这几个字直至眼睛刺痛。

——难道你也一同丧命了吗？

因为知道住址，他们很容易就找到了小暮昌树的家。那是栋两层的独栋住宅，被装饰性混凝土块砌成的围墙所环绕，门灯亮着，紧靠屋门的房间也从窗户里透着光亮。虽然静悄悄的没有一丝声响，但能感觉到里面有人。

最初的那个晚上，他们去看了看便结束了。他们必须瞄准昌树独处的时候，还要等他走出家门。他们事先没有对此做过任何调查，对如何才能让他落单也毫无头绪。

一树用自己的车载着淳子，连续去了三晚。第三天晚上，有人敲了敲驾驶座侧的车窗。一树一抬头，一本警官证堵在眼前。原来是正在蹲守的刑警。

不凑巧的是，对方认识一树。

"你是怎么找到这儿来的？"

刑警质问着将一树他们带离现场。淳子自始至终一语不发，就连一树向刑警介绍她是自己朋友的时候，她也只是低头不语。

"看来警察也还没有放弃。"直到把小暮家抛在身后，她才冷不丁嘟囔了一句，"但能做的也只有监视而已。"

　　为了推敲计划，一树几乎每晚都和淳子在外面晃悠。她不想来一树家，也不想让一树知道她的住处，说是不想让他了解自己。

　　"使用者无须知道枪的来历。"

　　相反，她会央求一树说些雪江的事。令妹是怎样的人？你们关系好吗？她将来的梦想是什么？告诉我，告诉我，告诉我——

　　"你为什么想知道这些？"

　　面对一树的询问，她一脸认真地回答："想知道自己是为了谁开枪不是理所当然的吗？"

　　不知为什么，一树对说出雪江的事感到犹豫。这或许是因为淳子追问时所露出的眼神，和此前那位刑警一样，充溢着过度的热忱。而一树觉得，关于雪江的回忆理应被更温柔地对待。

　　不过他还是说了写着名字的蜡烛的故事，因为觉得很适合淳子。

　　淳子听过之后说："总有一天，我会点燃那根蜡烛。"

　　在报仇雪恨之后，在正义的审判降临后。

　　既然几乎天天见面，他们自然也会像普通男女那样聊天，聊公司，聊生活。在公司走廊擦肩而过时，淳子会故意装作陌生人的样子，但一定会在他经过后回头。一树也一样。淳子会在此时嫣然一笑。在那样的瞬间，一树不会将她看作单纯的武器，也会忘了自己正在和她研究着杀人的计划。就连她的能力本身，他都觉得极不现实。

这错觉破灭在两人独处时，淳子说出那句话之际。

"说吧，怎么杀人？"

他们也经常边聊边开车兜风。某天晚上，他们一路开到晴海，在一望无际、无遮无挡的填拓地上，他们突然遭到了一只大型犬的攻击。受袭前，两人在附近转了几圈，刚回到停车处，它就从轮胎阴影里猛然蹿出，似乎是将这一带视作自己地盘的野狗。

仓皇逃跑的同时，一树寻找着可以充当武器的东西。短木棒或混凝土砌块都行。野狗以一树为目标，猛扑而来。它戴着破旧肮脏的项圈，一定也曾是什么人的宠物。然而，眼前这只咆哮着发动袭击的凶兽，无论是模样、眼神，还是龇出的獠牙，都不再有昔日在主人家中被抚摸头时的一丝残影。

就在一树推挡开直奔他喉咙飞扑过来的野狗时，淳子在背后大喊："退后！"

下个瞬间，野狗的项圈周围突然喷出了火焰。火舌蹿起，熊熊燃烧，不到一秒就裹住了野狗的头颅。恶臭和浓烟令一树的胃翻江倒海。

淳子用双手按住太阳穴,身体微微前屈,紧盯着野狗。野狗暴跳如雷、腾跃翻转,拼命想甩掉火焰。然而火焰迅速蔓延及背,火花刚"啪"地飞溅开,便已烧至尾巴。

一树跌坐在地,目不转睛地看着野狗被焚烧的惨状。只见它皮毛燃尽,血肉烧化,自头部起曝露的白骨,片刻后也变得焦黑。烧至最后,只剩下一堆漆黑的灰烬,冉冉升着恶臭的烟。

一树抬头看向淳子,她报以微笑。

"已经没事了。"

填拓地的海风从曾是一只野狗的残骸上刮过,扬起灰烬。黑色的灰附着在一树的衬衫上,他慌忙掸去,却仍留下污迹。恶寒席卷身体,令他直犯恶心。

小暮昌树也将这样死去。他虽然试图以此劝慰自己,恶心感却没有消失,身体的颤抖也没有停止。

04

不如装成媒体采访,打个电话试试——这个建议是淳子提出的。

一树是在 Parallel 交谈约半个月后的某天晚上,送她去离家最近的车站时听到的。

"我可以装成采访记者约那家伙出来。他看对方是女人,说不定会欣然应允。"

"……不能让你冒那么大的险。"

"没事的。"她笑了,"我是全世界最强的女人。"

一树也跟着微微一笑。这是事实。

但在那个时候,一树切实感觉到后背发凉,第一次有了这样的念头:她果然是疯了吧。即便拥有可怕的能力是事实,不,那难道不正是她疯掉的原因吗?

她想有一个正当的理由。为了使用自己的能力,为了尝试扣下扳机。

而我,为了葬送一个杀人犯,却与另一个杀人犯为伍,不是吗?

淳子背对着他,通过了车站的检票口。她的背影看上去娇小、纤瘦、毫无防备。

她脑中有一个喷火器。

化为一堆焦黑灰烬的野狗。

一树突然想到,人类能作为一把上了膛的枪活下去吗?是不是终将面临选择,选择丢掉枪,或者舍弃人类。

一树没心思换衣服,随便往沙发上一躺,仰望着天花板。报纸掉落在脚边。唯有雨声可闻。

他闭上眼睛,最先浮现的是淳子的脸,接着是雪江的脸。雪江笑盈盈的，对一树说了话。

——哥哥。

他睁开眼，雪江的声音仍然萦绕在耳边。然而，就像要覆盖掉雪江的声音似的，淳子的声音再次响起。

——你真的不后悔？

小暮昌树毫无戒心。淳子只是在电话里杜撰了一个不存在的杂志并提出采访请求，他就轻易地上钩了。那时候，警察已经开始认为，纵然再不甘心，都无法以杀害高中女生的罪名拘捕他了，想必这令他相当乐观。相关报道已经见报，而身为当事人的昌树，一定能比任何人都更清楚地觉察到，名为"警察"的潮水正在消退。

"可以的话，希望你能向同龄的年轻人呼吁，不要向成人社会屈服……"

公共电话亭中，淳子将他捧成差点儿蒙上不白之冤的受害者。旁听的一树钦佩不已。真是奥斯卡级别的演技。同时，他想到她内心渴望扣动扳机的强烈冲动，鸡皮疙瘩顿起。他赶紧搓了搓手臂。

昌树要求自己的父亲也在场，不然就要让律师陪同。淳子迅速地瞥了一树一眼，干脆地回答："可以！不过，我们想先找个风景优美的地方拍摄照片，日比谷公园如何？我会带摄影师来。对了，你知道松本楼吧？就在那栋楼前面见，明天两点，可以吗？采访结束后，我们再找地方一起吃个饭。"

不费吹灰之力就约好了。放下电话听筒，淳子长出一口气。

"看来也有其他媒体是这样约他的。最近就算涉嫌犯罪，似乎也能成为名人。"

两点，在秋意渐浓的日比谷公园。

到了第二天，一树坐在车里等待。虽然将车停在了路上，但短时间内应该无妨。一旦目的达成，立刻开车逃走就行。

"不用逃。在那家伙烧个灰飞烟灭之前，你只管在旁边看着。"坐在副驾驶座上的淳子说。

那天的她，穿着枯叶色的女式衬衫和奶油色的西装长裤。她平素几乎不施粉黛，当天却涂了口红，脸颊泛着红潮。

小暮父子走出地铁站口。一树先发现了他们。

"来了。"

淳子比他慢了一拍。

那对父子并肩而行，做父亲的在秋阳照射下眯着眼，昌树则戴着墨镜。淳子笑了一声，也许是在笑那副墨镜，因为她小声地说了句："过名人瘾啊。"

那两人走在人行道上，渐渐靠近了一树他们的停车处。当他们走到打声招呼就能听见的距离时，淳子做了个深呼吸。

她在膝上握紧了拳。

她的视线投向窗外，随着小暮父子的行动，慢慢地移动。

是在瞄准。一树想。

小暮昌树来到了一树车的正侧面。越过副驾驶座上淳子的头，一树看到了他的侧脸。他父亲说了句什么，昌树仰着头笑了。

他笑了——他带着这样的表情，令雪江惨遭不幸，令三人被害……

就在这个念头冲进脑海的下一秒，小暮昌树的衬衫着火了。

那是件色彩鲜艳、有几何图案的衬衫。红色的衣领，紫色的前襟。也不知火是从衬衫哪里蹿出来的。火焰并非红色，而是黑色。化纤质地的衬衫化掉后立刻紧紧粘在昌树的皮肤上。

他发出一声非人的惨叫："什、什么啊这是！"

火焰腾起，烧着了他的头发。昌树先是圆瞪双目、摊开双手，紧接着便惊慌失措地拍打全身，狂乱地蹦跳。他父亲虽然在着火的瞬间本能地后退，但此刻正笨拙地胡乱挥舞双手，想要扑灭环绕在儿子周身的火焰。

"救命！谁来救救我们！"

他父亲大叫着脱下外套，而昌树疯狂地上下挥动着燃烧的双手，上蹿下跳地朝公园入口方向狂奔而去。

在一树的身旁，淳子用手扶住车窗，像是要把小暮昌树拉回来。仿佛是与此呼应，只见昌树背上喷出了火焰。他顿时像被从后面猛推了一把似的，栽倒在地。

淳子的眼睛眯成细缝，肩膀僵硬，手抖个不停。来往行人呆若木鸡、不知所措，远远地围着那对陷入癫狂的父子。

淳子探出身子，双手更用力地攥紧。

一树将一切看在眼里，无法挪开视线。然而，此时充盈在他脑中的却不是来自现实的声响，他听不见来往车辆的喇叭声，听不见行人发出的尖叫，也听不见小暮父亲的外套被上下挥舞时发出的啪啪声，他只能听见一个声音，雪江的声音。

——哥哥。

昌树倒在人行道上。他的头发烧掉了，裸露出头皮。火焰渐熄。此时只能听见他父亲的悲鸣，昌树已毫无声息。

"被扑灭了。"淳子说。

她看上去浑然忘记了一树的存在，也似乎忘了自己身在何处。刚刚的那声低语充满了懊悔和恼怒，宛如好不容易搭起的纸牌屋被毁坏时的小女孩。

"这个混蛋！"她低吼。于是，这回是小暮父亲外套的袖子烧了起来，昌树的鞋子也蹿出了火焰。

——哥哥。

一树冷不丁用双手全力按响喇叭。副驾驶座上的淳子惊得跳了起来，她向一树转过来的眼睛里仿佛烈焰熊熊。

说时迟那时快，一树发动了车子。车打了个趔趄似的栽了出去。从停在周围的汽车间穿过后，一树将油门踩到了底。

"为什么要阻止我？"淳子问，"为什么阻止？"

她在崩溃，一树想，她的理智正在崩溃。她在看着我。

正在看着我。

放在仪表板上的温度计，指针以与车速表指针相同的速度，飙得越来越高。车内的空气开始发热，像是吹进了一阵热风。

"停手吧！"一树大叫。车大幅度地甩了个尾，拐过十字路口。

"已经够了！就此停手吧！"

温度计的指针猛地超过了正常值。方向盘和座位都变得滚烫，屁股像着了火。焦臭味传来，淡淡的烟雾也开始腾起。

淳子仍死死地盯着他，用没有焦点的眼睛怒目而视。

"快住手！你打算烧死我们吗！"

就在一树大叫的瞬间，车身剧烈地晃动了一下。他们与一辆右拐的汽车交错驶过，一树好不容易才重新坐正。淳子的身体则腾空甩向一旁，头撞在车窗玻璃上。

她开始发出尖叫，持续不停的尖叫。焦点重新回到她的眼睛里，她张开双手，看着自己已经开始冒烟的衬衫袖子。

"去有水的地方，带我去有水的地方！"

一树看到前方有一家加油站。一名穿着制服的店员正在用水管冲洗着洗车的泡沫，见一树的车一头闯进来，吓得扔掉了水管。其他店员也纷纷四散奔逃。一树刚把车开进去，便像要把车底蹬掉似的猛踩刹车。在只差分毫就会撞上加油站办公室窗户的地方，车弹跳着停住了。

"着火了！"

车是一路冒着烟开进来的。店员连拉带扯地打开副驾驶座侧的车门，拽出抱着脑袋的淳子。一树也跳出车外，灭火器的泡沫贴身飞过，水也兜头淋了下来。

"您这行为太危险了，客人！"店员在一旁说。

车上蒸腾着烟雾和水蒸气，使得车身的涂漆发出了扑哧扑哧的声音，就像刚出炉的面包。

淳子瘫坐在地。她的西装长裤烧焦了。从头湿到脚的她，整个人看起来小了一两圈。

"对不起。"

一树好不容易连蒙带骗地稳住了加油站的店员们，他将车寄存在那儿，带淳子回到自己家。让她擦拭湿掉的头发，借她替换衣物。一树全程不发一言，在心里盘算着该如何开口。

"我没能压制住。偶尔是会发生这种状况的。"淳子打着战说。

尽管如此，冲击一过去，她就迅速恢复了平静。她说想喝水，便走进了厨房。

"你是自己做饭的呀？"她捅了捅胡乱堆在水槽里的脏盘子，

问道，"这是什么时候的？昨晚的？你早上没吃东西？不好好吃饭可不行啊！"

远远地听着她的声音，一树感到自己的心冷了下去。这算什么事儿啊！就在刚才，她差点儿就烧死了人，表情却像是打了场短柄壁球。

一切都大错特错。那烟，那声声惨叫。

淳子用毛巾包着头发，环顾室内。带着新奇的目光扫视了一圈后，她发现了书架上的蜡烛。

"就是那个吧？"

她的话音刚落，蜡烛便噗地点燃了。

"我是你哥哥的朋友。"淳子冲着蜡烛说道，然后抬头看着一树，"这是为了令妹。"

一树一动不动地看着她。随后他穿过房间，吹灭了蜡烛。

淳子小巧的脸上露出惊讶的神情。

"为什么熄掉？是因为那家伙还没死吗？"淳子仰视着他说，"他没有死。我没能完成最后一击。因为你在中途鸣笛，害我受到惊吓，失去了控制。你是不是害怕了？那么下次——"

直到这时，一树才终于找到了自己要说的话："没有下次了。"

"为什么？"

"已经足够了。停手吧。"

淳子一步步地靠近他："为什么？不是要除掉令妹的敌人吗？不能放任那家伙活着。他还会杀人的，一定会！就算被捕，他也不会停手的！"

"别再做了。"

"可是——"

"都说别再做了！"

淳子吃惊地退缩了一下。

一树几乎未经思考，浮现在脑海中的言语便脱口而出："你确实是武器。非常厉害的武器。但是我们错了。那种事是不能做的！"

淳子脸上浮现出笑容。她或许以为一树在开玩笑。

"不是那样的……"

"就是那样的。那是谋杀！一旦下了手，我也好，你也好，都会变得和杀害雪江的那伙人一样！"

小暮昌树着火的头发。翻飞着燃烧的衬衫。他的惨叫。还有那股臭味。

淳子摇着头，宛如坏掉的人偶。

"不是的……"

"就是的。"

被烧伤的脖子火辣辣地疼。再迟几分钟，势必全身都难以幸免——

就像那条狗。

连骨头都被烧为焦炭，原形难辨。

"我、我是为了令妹……"

一树打断结结巴巴的淳子说："不是的。你仅仅是想要扣动扳机而已。你并非想要帮助谁。你只是因为拿着一把上了膛的枪，便想要开枪罢了。仅此而已。"

你疯了——他喃喃着垂下头，双手的战栗仍未止住。

"可是，那家伙还没死啊！"淳子的声音从身后传来，"可以吗？你真的不后悔？"

一树的耳中响起了雪江的声音。

——哥哥。

"我不后悔。"一树回答。

自那天起，淳子消失了。她第二天去公司请了假，第三天也没去上班。第四天、第五天也一样……

一树和她保持着距离等待着。在此期间，报纸上巨细无遗地刊登了小暮昌树父子横遭奇祸的相关报道。昌树身受重伤，却保住了性命。正如淳子所言。

一周后，一树刚回到家，电话就响了，就像是一直在等着他。是淳子。

"我今天办完了离职手续。"她说得很突然。

一树不知道该从何说起。自己没有做错，阻止淳子是正确的。但是，对于说她是武器，说她疯了，说她是杀人犯的那些话，随着时间的流逝，随着烧死人的恐惧渐渐远离，随着烧伤的疼痛慢慢消失，他开始感到余震般的悔意。

最初促使她那样做的人是谁？搞错了杀意和正义的人是谁？

"你……辞职了？"一树最终只问出了这句话。

"哪怕只有一个人知道我的事，也会很棘手。"

她的声音听起来很遥远，很微弱。但从电话打来的时机看，一树认为她就在附近。

"你现在在哪儿？"

淳子没有回答。

"再见。"她小声说，"但是，我没有错。"

"你在哪儿？"

"我想帮你的忙，想要干掉令妹的敌人。不能放任那样的败类活着。"

"喂！你是在哪儿打的电话？"

淳子的声音大了起来："因为，要是帮不上别人的忙，要是成了单纯的杀人犯，那我不就不知道自己究竟为什么要带着这种能力出生了吗？"

一树觉得脑袋像猛地被撞在了墙上，不由得握紧了听筒。

"再见面谈一次不行吗？"

短暂的沉默之后，淳子说："你只要关注报纸就行了。"

"报纸？"

"我没有错。在某个地方，一定会有理解我的人存在。一定会有需要我的人存在。"

"你还打算继续吗？迟早会玩火自焚的！知道吗，你听我说……"

"再见。"她又说了一次，"不要找我。"

没有错，我没有……电话挂断的那一刻，一树似乎听见她在如此呢喃。

雨声传来……

一树躺在沙发上，用手腕挡着眼睛。房间里连灯都没开。

青木淳子。

她是一把手枪，有一天掉在了一树的面前。而当他松开手，她便又不知消失到哪里去了。

若生来便拥有武器，想要使用不是理所当然的吗？为什么错了？有什么不可以？

若不被允许使用，又为何要赐予她这样的能力？

他想回答淳子的问题。无论如何，他都想要向她传达在那个瞬间——看到小暮昌树的头发烧起来的瞬间，自己内心深处雪崩般坍塌的感情。他想要让她听到回荡在自己耳边的雪江的声音；想要告诉她雪江还是小宝宝时的故事；想要将自己失去妹妹时那撕心裂肺的痛楚说给她听；想要将雪江被杀时自己那不可遏制的愤怒传达给她。

可即便如此，即便如此，有些事自己还是做不到。也不想让淳子去做。

他一直等待着能够传达这一切的时刻到来，然而——

荒川的那四个人。河川占用地上的尸体。难道你就在其中？又没能压制住能力吗——不，还是说，一同被火焰吞噬正如你所愿？

一树挪开手腕，睁开眼睛。因为拉着窗帘，房间里几乎漆黑一片。只有厨房里微波炉的计时钟发出奇妙的苍白光……

不对！房中另有光源。窗边有一点幽明，暖暖的、橙色的光。

一树从沙发上一跃而起。

窗边的书架上，雪江送给他的蜡烛在燃烧。

一树目瞪口呆地盯着看了几秒，然后飞奔至书架旁，拉开窗帘。外面只是夜色深沉、雨若银丝。一树冲出房间。

淳子就在附近！就在附近！

一树在银线般坠落的雨中奔走。冷雨很快便将衬衫淋透了。

他来到自己房间的窗户下方，发现马路对面雾霭缭绕。

雨中，有升腾的水蒸气。

他凝神看去，淳子就站在其中。

一树穿过马路，向她走近，雨珠不断从下巴滴落。

"你还活着？"

脱口而出的话，是这一句。

笼罩着淳子的雾霭越来越浓。她正在放射着热量。一树感到胳膊上的湿气混杂着雨水，暖暖的。

雾霭对面，淳子开口了："那家伙，小暮昌树。"

"什么？"

"看报纸了吗？"

"啊，看了。"一树猛地清醒过来，"那是小暮？"

"嗯。"他看见淳子点了点头。

"那家伙，以及他的同伙。其中还有一个女的。"

自日比谷公园那场横祸之后，一树对小暮父子的情况一无所知。他也没有想过要去调查。

"你一直在追踪他们的消息吗？"

"花了两年时间。"淳子低声道，"但是，我无论如何都不能放过他。"

雨一直下，笼罩着淳子的雾霭也更浓了。

"不进屋吗？"一树说，"蜡烛在烧呢。"

淳子朦胧的影子略微一动。

"我仔细考虑过了。"

"什么？"

"活下去的事。"

作为一把上了膛的枪。

"我，并不想杀人。"

"这点我要向你道歉。但……"

"可是，我不能不做。"淳子说，"如果多田先生和我处在同一立场，也一定会这样想。"

倘若如此，你就会成为神的代理人，手握生杀予夺的大权。

一树没有说出口。不，事实上，淳子不就是神的代理人吗？不就是神派出的刺客吗？

而无法杀人、踌躇不前的他，不过是一介凡人。

"谢谢你一直为了我关注着报纸。"

耳语般的声音，从已变成乳白色的、隐没了淳子身姿的雾霭对面传来。

"再见了……"

一树飞奔向前。然而，手臂探入的雾霭那头，已经没有人了。只有热腾腾的蒸汽裹上了他的身体。

淳子的脚步声被雨声所遮盖，杳不可闻。即使一树张望四顾，也遍寻不到她纤瘦的背影。

我去过 Parallel 了，因为以为你或许会去。我曾在那里等你——

在他伫立不动的期间,雾霭渐渐淡去。直到最后一缕雾气如被雨水吞没般消散,一树都在原地一动不动。

他扬起脸,看着自己房间里透出的光亮。在窗边跃动着燃烧着的,是雪江那根蜡烛上的火光。

鸠笛草

はとぶえそう

鸠笛草一定很喜欢唱歌。虽然它只是朴素的花，毫不起眼、默默无闻，但肯定享受着自己能够歌唱这件事。

01

要下车时，在公交踏板那儿，她的手碰到了跟前那名男乘客的背部。他正惦念着一个女人。是个形容可爱的年轻女性，眼睛水灵灵的，朗声笑个不停。

下到停靠站后，贵子快速回头，看到了那名男乘客。他背对着贵子，正要匆匆离去，可刚迈出两三步，就被强劲的春风吹得背过脸去，微微俯首的动作令贵子看到了他的侧脸。为了避风，他眯着眼睛，年纪应该在三十岁上下，穿藏青色的西装，配同色系花纹的领带，西装外还罩着黄褐色的大衣。一身随处可见的年轻上班族打扮。

疾风过后，他扬起脸，像要拂去尘埃似的，用手在脸前扇了几下。他的眉头紧锁，神情颇为忧郁。明明心里想着的女孩笑得那样欢畅，为何他却露出这般表情？贵子暗想。那女孩大概是他的恋人，或是他年轻的妻子。他是因为想到她而忧郁，还是仅仅因为不胜春风之扰呢？

穿黄褐色大衣的男人再次迈开脚步，沿着马路向公交车开走的方向走去，然后在第一个十字路口左转了。他的身影消失了。这期间，贵子无法挪开视线，一直目送着他。

近几年，街区的这一带在重新开发。契机始于五年前，战后不久创办的大型钢铁公司迁到了地方上。开发商买下闲置的土地，不是建商业大楼招租，就是招揽企业前来建楼。在黄褐色大衣男走去的方向，有两年前建成的某都市银行的计算机中心，还有去年年末从东京中心迁来的大型建材公司的总部兼展厅大楼。也许男人就在其中一家就职。

如果追上前去询问他"你刚刚在公交车上想的女孩是谁"，会怎样呢？贵子想知道他和那个女孩的关系。她在欢笑，他却面露愁容。而且，触碰到他背部所传来的感情中，连近乎笑意的感觉也没有。笑明明是很容易捕捉到的感情，仅次于愤怒。

这也是能力正在退化的证据之一吧？贵子陷入沉思。换成以前，在碰到黄褐色大衣男的背部时，不光女孩的笑脸，就连他对女孩的感情也能当即捕捉到，不是吗？

——果然吗？

果然，是在衰退吗？

一阵春风卷着沙尘吹过。贵子低下头，在风中护住眼睛，动作恰似刚才的黄褐色大衣男。外套的下摆翻飞了起来。就在这时，只听背后有人说话："哟，怎么又让我在这路边大饱眼福呀！"

贵子避着风回过头，只见大木明男正冲着她笑。因为他正面迎着疾风，所以脸皱成了一团。怕冷的他今早也将自己裹在冬季外套里，扣子扣得一丝不苟。

"我讨厌春天。"贵子说，"这风一起，樱花怕是都要落了。"

"春天有什么不好的，就算穿迷你裙也不觉得冷。你的套装真不错啊。"

贵子穿着葱绿色的套装。上衣和裙子都短得很大胆。大木这个人，对自己的穿着打扮不拘小节，神奇的是，他对女性的服饰却很敏感，无论贵子是穿了新衣服，还是戴了新饰品，他都能注意到，并称赞几句。同事们都很纳闷，这么体贴入微的男人，何故到了三十五岁仍是孤家寡人一个呢？

贵子倒是能够解答这个疑问。大木夸是要夸，却不会说人话。眼前也不例外，他说："这颜色是艾糕色吧。"

贵子忍俊不禁："讨厌！这下没法穿了。"

"会吗？不过，小本的膝盖很可爱，要是能更常穿迷你裙就好了。"

在刑警办公室里，会叫贵子"小本"的，只有极其有限的几位同事。因为她还在交通课时，大家私下都这么称呼她，所以刚调任的时候, 她还感到很寂寞。

"你干吗傻站在这儿? "大木问, "遇见色狼了? "

大木乘坐的是和贵子反方向的公交车。在早晚的通勤时段里, 两路公交车的行车时间表相差无几, 想必贵子走下公交车的同时, 大木也在马路对面的公交车站下了车, 注意到贵子后, 就一直关注着这边。

"色狼? 为什么这么说? "

"你眼睛不是一直追着和你一起下车的男人看嘛! "

大木看上去呆头呆脑的, 回回升职考试都落榜, 眼睛却尖得很。刚被分配到刑事课不久, 贵子就认为, 若是有人对自己起疑心, 那大木恐怕会是头一个, 她的直觉没错。现在也是, 他那双大象般小而悲伤的眼睛背叛了他笑容满面的表情, 他正全神贯注地紧盯着贵子。

"没什么啦! "贵子说, "只是刚刚在公交车上, 那个人一直自言自语, 我寻思着他是不是在搞什么名堂。"

"什么样的自言自语? "

"这个嘛……就是嘟囔着融资啊什么的。可能是银行的人? "

"毕竟春天到了, "大木说, "奇奇怪怪的家伙增加了。"

"还真是。就要忙起来了。别站着了, 快走吧。"

从公交车站到城南警署的正门, 只需步行两三分钟。从这里也能看到停在警署前停车场里的警车。警车可能刚洗过, 在春日阳光的照射下像玩具似的闪闪发光。

他们一边迈步向前，大木一边问："小本，你最近是不是有什么烦心事？"

别看问得漫不经心，却直截了当得很有大木的风格。贵子吓了一跳。

"因为男人？"大木又问。

多亏了这句，贵子笑了出来："我让男人烦恼还差不多……"

"嗯，这倒是。"

"做警察的哪会有那种烦恼。"

"老家介绍的相亲有进展吗？"

约三个月前，父母跑来东京要给贵子介绍对象。贵子的故乡在静冈市，父亲是公立中学的老师，现在担任教导主任。相亲对象是父亲熟人的儿子，毫不意外，也是教师。

——你们都是公务员，你看怎么样？

真是莫名其妙的说辞，贵子都没正经搭理。

"没有进展。我爸铩羽而归了。"

"你没去见面吗？"

关于相亲的事，贵子记得在"上总"喝酒时对同事们说起过，但也就随口说了句"讨厌相亲"之类的话。大木的记性还真好。

"大木，我要是结婚了，你会很困扰吧？"

他们走近警署的正门。"春季交通安全运动月"立牌旁的门开着,两名穿制服的警员走了出来。和他们打过招呼后,大木回答:"当然困扰了。我还指望老了以后,和小本一起打门球呢。"

"比起门球,我更喜欢高尔夫。"

大木和贵子时常这样互开玩笑。大木的台词有时是"去满月①旅行",有时是"带孙子",有时又会变成"卧床不起时劳您照顾",不一而足。刑事课的成员中,单身人士只有大木和贵子两个,所以他们这么对话时,其他同事都会笑嘻嘻地听着。

"高尔夫太费钱,还是别了。"

"真小气。"

说着话,两人走进了警署大门,经过还很冷清的接待处,登上楼梯。刑事课的刑警办公室占据了二楼约一半的面积,就在一上楼的右手边,紧挨着不知哪根水管始终在漏水的、非常潮湿的厕所。

他们拉开关不严实的拉门,道着早安进入刑警办公室,从呈"コ"形排列的办公桌各处纷纷传来了回应。

"怎么,本田今天是携客出勤②吗?"

从椅子上完全扭过身,边吞云吐雾边搭腔的是办公室里资格最老的胁田达夫。他消瘦得让人怀疑他抱恙在身,面目可憎,嘴也臭得和脸不相上下。在搞清楚他其实是个老好人之前,贵

① 日本JR线会面向中老年夫妇(两人年纪加起来在八十八岁以上)发行"满月车票",凭票可减免全线软卧的部分费用。

② 本意指风俗店女招待带着男客人一起上班的揽客方式。

子一直对他无计可施。

"羡慕吗,主任?"

被这么回应后,胁田"切"了一声,熄掉香烟:"我喜欢更年轻的女人。"

"我不一样,我有小本就够了。"大木一边这么说道,一边去泡早茶。他跟大象一样需要水分,就算外出也要时不时喝点儿什么。更别提待在办公室的时候了,他会不厌其烦地泡茶。

曾经有那么一次——对了,是在贵子调来刑事课后半年左右,她曾在女人的好奇心和实际需要的促使下,试着窥探过大木的内心,想看看他的油嘴滑舌中到底带有几分真心。当时她趁大木不在,触碰了他挂在椅背上的外套。

那时,刑警办公室里只有贵子和课长美浓田。课长背对着贵子,一边翻着桌上的文件,一边打着电话。也不知是在说服对方,还是在恳求对方,总之听着一直是他在单方面地说个没完。贵子将课长的声音挡在身后,试着碰了碰大木外套的衣领。

起初的感觉,像是在抚摸某种圆滑之物的表面。那感觉非常明朗蓬勃,好像用手笼着圆圆的台灯。这种情况不算稀奇,特别是在大木这样随和温柔的人身上很常见。柔软的心很光滑,往往很难抓住,蜻蜓点水般的触碰在大多数情况下,只能捕捉到覆盖在对方心灵外侧、可称之为"有意识人格"的部分。

于是贵子更为大胆地将手滑进大木外套的内侧,一直摸到刚好相当于心脏的位置。

　　刹那间，贵子心头一紧。一股令人想流泪的强烈悲恸猛地顺着手掌腾涌而来。因为实在太过意外，贵子不禁心慌意乱。大木究竟因何断肠？

　　这件西服已经很旧了，内衬有一个足以通过手指的破洞。当指尖触及那里时，贵子感到悲哀之意愈发强烈，好似自己的心上也空出了一个黑漆漆的洞。

　　她从西服上抽回手，察看美浓田的动静，他仍顾着说话。贵子悄然离开桌子，拿出装订起来的日报，装模作样地翻看，同时努力平复自己被扰乱的心绪。

　　撞入心怀的那股悲哀之情，很明显，是在哀悼失去的某物——或某个人。其中没有愤怒，也没有怨恨。这意味着，悲哀产生的缘由已相当久远。

　　人心中浮来暂去的感情，无论在什么情况下，都不会纯粹得不掺一点儿杂质。喜悦中夹杂着唯恐失去的不安，悲伤中交织着对其源头的愤怒，轻蔑中包含着优越感……诸如此类，无论孰多孰少，各种情感参差错落着存在是再正常不过的。但随着岁月的流逝，各种情感逐渐被过滤，到最后，只有最为强烈的情感，即整体的"核心"留存。因此，若触及人心时遇上了高纯度的感情，几乎就可以确定其源自久远的回忆。至少在贵子的经验法则中是如此。

难道大木在往日更年轻的时候，被人无情地抛弃过吗——这是贵子脑中冒出的第一个念头。那场失恋是否已化为了恒久的心伤，至今仍令他黯然神伤？

美浓田课长仍抱着电话不撒手。虽然还能做进一步探查，但贵子决定遵守自己定下的规矩——只获取需要的情报，绝不过度深入。无论大木为何悲伤，既然他心中隐藏着如此深刻的悲哀，那些打情骂俏般的台词便不会出自他的真心。

不久之后，贵子得知大木在二十五岁时因交通事故失去了未婚妻，当时他们婚礼在即。这一晃差不多十年过去了。看来大木仍未能从永失所爱的悲恸中解脱。

告诉贵子这件事的，是大木和贵子这对搭档共同的前辈鸟岛刑警。他在刑事课的资格之老仅次于胁田，和胁田的对比极为鲜明，是个壮如关取①的巨汉。也是一次在"上总"喝酒的时候，他躬着庞大的身躯，附在贵子耳边说起了前尘往事，语气中丝毫不掩饰对大木已故未婚妻的悼念之情。

"你别太把大木的玩笑当真。"鸟岛说，"但若是当了真，就不要辜负他。"

贵子静静地笑着，让他无须担心，自己已不再是高中女生。鸟岛听了，皱着因喝醉而变得通红的大脸，嘟囔道："小本，你长得很像大木的未婚妻。所以我，不劝你了。"

---

① 相扑等级中获得"十两"以上称号的力士的统称。

——因为无论怎样，都是不幸。

他大着舌头说出的这句话，在贵子心底牢牢地扎下了根。

说起来，今早鸟岛还没到。往常贵子到的时候，他就已经趴在桌前，一边研究报纸上的诘将棋①专栏，一边喝路上买来的罐装咖啡了，可今早他的座位仍然空着。

"鸟岛呢？出什么事了？"贵子问胁田。

胁田草草地向窗外挥了挥手："已经出去了。说是被害人打工的那家咖啡店早上六点开门。"

"是昨天的那起案子？"

昨天，即四月四日的下午两点左右，从辖区内三芳四丁目的公寓"和平庄"接到报案，称一名房客被刺。警员赶去查看，在位于抹着灰浆的双层公寓最西侧的 204 室，一名二十来岁的男子被菜刀刺中腹部，失去意识倒在房中。报警的是公寓的房东，他抽搐着惨白的脸，声称自己听到惨叫赶到时，有个年轻男人走出来，和他错肩而过。

都用不着紧急布控，就在毗连公寓的公园里找到了房东口中的年轻男子，被发现时他坐在秋千上，仍旧满手血污。即使警员对他说话，他也没有回应，混混沌沌的，对什么都毫无反应，以至于令人怀疑他在睁着眼睛睡觉。名字、住处、年龄，不管问

---

① 将棋中的一种特殊排局，要求攻方的每一步都必须去将对方的玉将，直到将死对方。

什么，他都不回答。他一言不发，保持着缄默的状态。

房东作证说此人就是与自己错肩离开房间的年轻男人，不仅如此，房东还说以前就看到过他偶尔造访被害人的房间。有了房东的证词，城南警署当即扣留了公园里的年轻男子。因为发现他的右手掌也受了刀伤，便送他去了急救医院。伤势不轻，足足缝了十针。在使用利器的伤害案中，做不惯此等野蛮行径的加害者，在砍刺被害人时，往往也会弄伤自己的手。

即使保持缄默，公园男仍被视为案件的第一嫌疑人，自昨天起就被看押在警署内的拘留所。他的身份仍不得而知。不过，他似乎只是不说话而已，听说昨晚不仅饭照吃，觉也睡得挺安稳。

"被害人能得救吧？"

胁田被贵子一问，苦着脸歪了歪头："谁知道呢。身份明朗后，他父母就来医院守着了。他还年轻，应该不会有事，希望吧。"

"是大学生吧？"

"本来应该上东工大的大二了。"

"应该？"

"据说他瞒着父母退了学。住处也一样，他从父母安排的公寓搬了出来。现住处的保证人是他打工店的店长。"

"哎呀……"

"给他父母看了嫌疑人的脸部照片，都说不认识。所以阿鸟寻思会不会是打工的同事。"

"真麻烦啊。"

"他估计是这个吧？"胁田用手指在脑袋边画圈，"正常人怎么可能完全一句话不说。"

胁田带着一脸不爽："到头来奔波劳碌的还得是阿鸟。要是搞不定，上面又得……"他瞅了眼仍空着的课长座位，"数落个没完了。"

"谁叫这在我们辖区里算是重大伤害案呢！"

有别于银座、新宿等大型繁华街区，以及坐拥丸之内等商业区的地方，像城南警署这样，管下多半为住宅区、第二类商业用地和工业用地的小辖区警署，刑事课空有名头，与警视厅本厅的搜查一课简直是天差地别。昨天发生谋杀案、今天发生抢劫案的忙碌和他们无缘。相反，保护迷路者和醉汉、搜寻离家出走者、解决酒后纠纷和暴力冲突，处理激烈的夫妻争吵引发的伤害案，以及虐待儿童、空屋盗窃、夜路上的色狼骚扰和偷窥事件等琐碎案件却常令他们忙得焦头烂额。据说，一本正经但过于死板的美浓田课长新到任时，曾在一次会议上说："我们处理的九成案件，都没有写在刑法条文上，而是藏在条文的字里行间。"

告诉贵子这件事的胁田说，难得那位课长也能说出至理名言。

事实也确实如此。贵子调来刑事课，到今年春季正好两年整。其间经手的案子里，要说作为刑事课的刑警能拿得出手的，统共也就一件：去年年末，一名二十三岁的上班族揣着人生第一笔奖金得意忘形，喝得烂醉后坐出租车回家，该给的车费不给，反倒狠狠地揍了司机一顿，致使司机昏迷后逃逸。像这种通过实施暴力或恐吓等行为，拒不支付本该支付的款项或费用并逃走的情况，妥妥被控为抢劫罪。因为这是刑法第二百三十六条"抢劫"条文的第二项所规定的，俗称"二项抢劫"。

因此，当被学生时代的朋友问起在办什么样的案子时，贵子喜欢用这个案子来招架。她会将"二项"去掉，称之为"抢劫案"。涉案的上班族一夜之后醒了酒，怕得要死，贵子他们才刚根据挨打司机的证词展开调查，他就在母亲的陪同下前来自首了，所以连去抓人的工夫都省了——这些细节她当然也不会提及。这样一来，不仅朋友们听得兴高采烈，贵子的自尊心也能得到满足。

由此可见，像和平庄案这样名副其实的伤害案——虽然这么说不严肃——是城南警署管下的某种"贵重物品"，属于胁田常说的"恨不得裱好挂起来"的案子。这案子的确是"贵重物品"，但也很棘手，如果不能利落地解决，会成为警署的污点。所以才会由经验老到的鸟岛负责。

当然，城南警署和乡下土了吧唧的派出所还是不同的，约莫四五年一次，也会发生穷凶极恶的大案，能上全国性报纸的那种。只是每当有这种大案时，本厅便会出动，辖区警署能做的也只有提供设立搜查本部的场地，以及帮专门侦办凶恶犯罪的刑警们打打下手而已。贵子目前连打下手的经验都没有。至于这算幸运还是吃亏，就要取决于彼时贵子是把自己看作市民，还是看作渴望晋升的刑警来考虑的了。

贵子正奇怪大木去泡个茶怎么迟迟不见回来，就看到他捧着茶杯，在和美浓田课长谈话。大木频频点着头，课长那张缺乏魄力的好色脸也一反常态地严肃。

会是什么事呢？贵子纳闷地注视着他们，不多时，大木离开课长的办公桌，单手拿着书写夹板，边懒散地走着，边啜饮着茶，回到座位上时仍是一脸心不在焉。

"怎么了？"贵子问。胁田也重新点了根烟，挪动椅子探过身来。

"色狼。"大木说，"在高田堀公园那一带，之前不是闹过一阵吗？还记得不，胁田？"

胁田点点头："去年夏天对吧？穿白色雨衣的男人。"

听他一说，贵子也想起来了。虽说是色狼，但那个人并没有袭击女性。他只是全身赤裸，披一件白色雨衣，出现在夜归的年轻女性等人面前，在对方视线范围内敞开雨衣。之所以说"女性等人"，是因为零星发生在约一个半月内的十五起案件中，有两起看到雨衣下裸体的受害人是年轻男性。

"那个变态男怎么了？"

"说是又出现了。"

事发于昨晚十一点左右，这回并非接到报警，而是巡逻中的警员目击了与受害女性一前一后的白雨衣男。据报告书称，男人的年纪、模样都和去年夏天出没的色狼极其相似，案发地点也离去年那十五起案件的现场不远。

"去年不是没逮着他吗，课长让我们这回全力以赴。"大木转向贵子，"他说下午的会议上会提这个案子，不过我和你可以先去见见昨天的受害人。案子归我们。"

从上周末开始，大木和贵子负责调查管下内原町一家便利店发生的盗窃案。虽然那边也才着手不久，但同时处理几件案子在他们看来是家常便饭。

"昨天被骚扰的女性是学生吗？"

大木低头看着书写夹板上的报告书说："不，工作了。公司在日本桥，估计是贸易公司一类的。"

"这么说，她白天要上班。那我们估摸着她回家了再去吧。我挺在意便利店那边的。"

胁田打了个大大的哈欠："讨厌变态的话，我可以替你去哦。"

他近来受盗窃案组的特别委托，负责大规模集合式高级公寓"贝尔维尤城南"的自治会费盗用案。虽说是自治会费，但数额巨大，因为包含了修缮储备金等各类款项，七七八八的高达五千万日元，因有人检举其中的两百万日元在近一年内被擅自挪用，调查已着手进行。

以贵子之见，胁田能将报告书等写得十分漂亮，对案件卷宗的管理也细致入微，个性一丝不苟，却唯独不擅长处理数字。此案必须与账本打交道，核对钱款的详细进出，着实令他苦不堪言，所以他动不动就捉住同事念叨"跟我换、跟我换"。

贵子也一样，比起数字，她更愿意面对活生生的人，即使对方是个"变态"。于是贵子决定躲开胁田，催着大木赶紧出门。

两人临出门时，刚好和鸟岛碰了个正着。鸟岛那全面后退的发际线上冒着春汗。他是易汗体质，哪怕不用通宵工作的时候，他的妻子或女儿偶尔也会送替换的衣物来。

"有收获不？"贵子问。

鸟岛摆着肥厚的手掌，摇摇头："估计还是直接问他本人比较快。"

"就没有一点儿关于嫌疑人身份信息的线索吗？"大木问，"嫌疑人不是跑去被害人家了吗，不至于连个钱包都没带吧？"

"钱包倒是在身上，可是里面除了两千日元左右的零钱，啥也没有。"

"居然连驾照都没有，这在当下可真少见。"

鸟岛点点头，露出若有所思的神情，对大木说："稍后我能借小本用用不？"

大木眨眨眼睛："看你能不能好好还回来。"

贵子有些吃惊。刚来刑事课那会儿，她和专门负责暴力犯罪的鸟岛搭档过三个月，也就是所谓的"老鸟带新人"。再往后，她就一直和大木组队，而鸟岛的搭档则是和大木同期的仓桥。

"我寻思那家伙，"鸟岛用下巴指示地下楼层北侧的拘留所，"若是面对姑娘家，说不定会开口说点儿什么。"

"啊哈哈，"大木笑了，"这是要用美人计啊。"

"我没问题，那，定在下午？"

"行，就这么着。拜托了！"

告别鸟岛，贵子他们走出警署。春风强劲，气温比来上班那会儿高了些，这就是鸟岛额头出汗的原因。就连怕冷的大木也脱下了外套。

鸟岛有时会叫贵子"姑娘"。胁田则偶尔会脱口叫她"女人"，只不过往往是安在"身为女人"或"明明是个女人"等句式中的"女人"。

在整个警察体系中，女刑警都属少数，而这一点在城南警署尤其明显。包含贵子在内，也只有三个女刑警。在无论好坏都由男人垄断的刑警领域里，贵子还无法脱离"姑娘"或"女人"的标签独当一面。

面对这样的差别对待，其他女刑警大概多少会感到不快和焦虑,但贵子完全不觉得。她从未袒露过自己的这种想法,因为害怕被追问缘由。

在贵子身上,存在着更为根本的自卑。她一直觉得,自己能成为便衣刑警本身就属异常。她有自知之明,自己是靠"作弊"走到今时今日的。

所有活跃在一线的警察都接受过考核,经历过严格的训练,但令他们的前程走向殊途、在飞黄腾达的道路上拉开差距的要素,一是才能,二是纯粹的运气。是否有运气遇上案子,遇到后又能不能处理得当,为破案做出贡献。仅此而已。然而,左右着贵子的,还有另一个要素。

贵子抵触将其称为"能力"。因为她觉得,所谓的"能力"应该更有能动性一些,能够根据自身意图钻研、训练。可贵子不记得自己曾锻炼过自己所拥有的力量,她只是拼尽全力控制它,之后也只是通过不断累积经验,找到它的用途罢了。也正因如此,她才会感到自卑。

迄今二十八年的人生中,贵子经历过几次轰动社会的"超能力热潮"。近来,社会上对这方面的兴趣似乎也再度高涨。透视、念写①、读心术、寻人术。贵子也翻阅过不少杂志,看过电视上的特别节目。

在贵子还是交通课的女警时,一同巡逻的同事就曾说起这

---

① 超能力的一种,将心中浮现的想法与概念显现在照片或纸上。

类节目，并颇为感慨地说："我要是拥有那种能力，才不会上什么电视。我会隐瞒到底，接连解决疑难案件，一路挺进本厅一课。"

贵子当时笑而不语，只在心中低语。是啊，正是如此。你是对的。实际上我正在这样做。

辩称有急事迫不得已才违规停车的司机、晃晃悠悠地骑自行车带人的初中生，他们内心深处隐藏着什么样的情绪，他们口中的辩解或理由是真话还是谎言，贵子全都一清二楚。大部分情况下，她只需要站在他们身旁，碰一碰他们的车，或是感受一下他们的呼吸。

电视上的超能力者，不是不仅能找到放在密封罐里的钥匙，还能描摹出在远处所画的图画吗？我所做的也差不多，贵子在心里说，我也是他们自称的那种人。

我是情感透视能力者。迄今不知道有多少次，这句话直冲到嘴边。你说，对警察而言，这能力是不是很方便？

而我呢，也的确利用这能力早早地当上了便衣刑警——

"出租车和公交车都没有，"大木说，"要不走着去？"

"行呀。"就在贵子表示赞成时，大木的胳膊碰到了她。贵子身子一颤。

自从摸过大木的西服、感受到他的悲哀以来，贵子一向非常谨慎，避免触碰到大木。虽然和他的关系只是单纯的同事，不曾超出工作搭档的范围，但由于总是形影不离地一起行动，不小心的触碰也在所难免。就连这种不小心，贵子都在极力避免。因为她认为，不管自己无意中读取了什么——无论什么——对大木而言，都虚伪又卑劣。

但刚刚令贵子颤抖的不是这种负疚感。大木为了寻找公交车跟出租车向马路探出了身子。他边回头看贵子，边挥动胳膊，因此胳膊与贵子的背部来了个正面接触。这一下碰得很实在，透过春季套装和女式衬衫，触感依然明显。

尽管如此，贵子却什么都感觉不到。什么都没有看到，什么都没有听到。就连触碰大木时必然会最先感受到的那种明快、圆润的感觉也没有。

"哎呀！抱歉抱歉。"大木说，"打着你了。"

贵子只觉得嘴角僵硬，无法立刻回应。

像这样触及某人某物却一无所感的情况，并非第一次出现，但不常见。然而在这一个月内，已经是第三次发生了。

她想起今早和自己同乘一辆公交车的黄褐色大衣男，以及在他意识中朗声欢笑的可爱女孩。贵子——应该说如果是以前的贵子，除了能清晰地"看"到女孩的脸，同时也必然能够捕捉到那男人对她的认知和想法，本该如此。

然而，今早失败了。

现在又是如此，她没能"读取"大木。人总是在随时思考着什么。拿大木来说，此时他的脑中应该会有"要是没穿外套出来就好了""好想打车啊"之类琐碎的念头。按理说,贵子能够像看到周遭的景色、听到街头嘈杂的声音般"看见"它们、"读取"它们。自己的能力显现曾太过频繁也太过容易,以至于少女时期的贵子为了不得神经症,每天都要通过训练来限制它。

可是,现在无法读取了。大木就在身边,他的意志本该一览无余。

——我的能力,正在衰退。

这是贵子目前面临的最严峻的问题,而且情况还在不断恶化。

02

内原町的便利店案虽说是盗窃案,但说句不怕误会的话,完全可以归类为"搞笑事件"。便利店后面的仓库里,有且只有四箱厕纸被不着痕迹地偷走了。一箱六包,每包十二卷。当初一接下案子,大木就说:"看来得去找严重腹泻的家伙。"

这家便利店并非二十四小时营业,而是从早上六点开到夜里零点,到深夜便没人了。没有破门或破窗而入的迹象,所以大木打从一开始就估计是内贼所为,便利店店长也怀疑是打工的店员们。不过……

"其实,这事不是第一次发生。"

"以前也有过？"

"是呀，这都第四次了。"

"偷的都是厕纸？"

"可能是对厕纸情有独钟吧。"

这就是便利店最终报警的原因。

虽然不能说出去，但上周初次造访案发的仓库时，贵子的脑中像放电影一样清清楚楚地映出了一个年轻男人的身影。那年轻男人正是当时身穿黄色罩衣、在操作收银机的店员。当贵子踏入仓库，试着用手触碰堆放过厕纸箱子的墙壁时，他搬走箱子的一幕便浮现在眼前。

贵子接下来要做的就是想办法将这个发现传达给大木。不过，等到询问完所有的店员，走出便利店后，大木就说贵子"看见过"的店员有蹊跷。

"怎么说？"

"他始终心神不宁的。"

"警察找上门来，大家不都会慌吗？"

"会慌到找错钱吗？"

贵子完全没有注意到。大木的眼神确实好使，她心想。

据店长说，只要有心，复制仓库和店铺的钥匙并不费事。案发时，店员们都没有不在场证明。虽然也让鉴定人员来取了证，但和预想的一样，指纹到处都是，一个有用的证据都没有。贵子和大木与店长商量好，隔三岔五来店里露个面，每次都郑重其事地跟店长谈论几句，同时观察店员们的反应。

另一方面，大木和贵子着手摸查那个嫌疑店员的周边情况。偷了四次厕纸，肯定不是给自己用的，应该是倒卖到别处去了。既然如此，比起监守自盗的店员，查清他把赃物销往何处更为关键。

没想到的是，这个问题也很快就顺利查清了。嫌疑店员的住处附近，有一家建设公司的员工宿舍，他有个朋友就住在里面。经调查发现，每次便利店发生盗窃案后，那个店员都"碰巧"带着厕纸出现在宿舍。

"那家伙求职失败，一直在家待业，"那个朋友说，"之前他就求我想办法帮他进我们公司。"

至于厕纸，该店员声称能在自己如今打工的地方便宜搞到手，所以每次都会免费放在宿舍里。对于人数众多的员工宿舍来说，厕纸确实是求之不得的馈赠。看来该店员是打算将厕纸当作"敲门砖"，借此和那位朋友的上司、同时也是宿舍负责人的人事副主管攀上关系。

对贵子他们来说，当时完全可以直接带走涉案店员，但这罪行实在微不足道，对方又还年轻。他们征求了店长的意见，店长说如果他本人愿意认罪并付钱的话，也犯不着闹成刑事案件。

如此这般静观其变了一阵子，前天他们照例去店里时，店长强忍笑意告诉他们，这招似乎起了效果。该店员提出想要辞职。

"我们只是过来而已，他就连零钱都找错了。我看这家伙本来也就是个胆小鬼。"

"我还挽留了呢。"店长说，"我跟他说，你现在辞职，不就摆明了让警察来怀疑你吗？他的脸顿时就白了。"

贵子和大木迎着春风踏进了自动门，只见店长待在收银台内侧，身边站着垂头丧气的涉案店员。

"瞧，刑警来了。"听店长这么一说，店员缩起了脖子。

"他承认了。"店长继续说，"我想说的都说了，不过两位刑警能不能把他带走好好教育一下？偷窃可是会成瘾的。"

大木和贵子领着店员离开收银台，先去仓库，让他说明偷窃的经过。他坦白，虽然带什么去宿舍当见面礼都行，但他最初选择厕纸只是看中它重量轻。没想到歪打正着，很得对方欢心，他也就两次、三次地继续下去了。

"就算自掏腰包也花不了几个钱啊！"大木深感讶异。

贵子伸手摸了摸店员走出收银台时脱下的制服。因为之前的情况，她也做好了可能什么都看不到的心理准备。可刚碰到制服，她脑海中就响起了声音——是对店长的辱骂。

萬人出豹子。贵子拉着大木的袖子将他拽到一旁，告诉他自己认为有必要按店长所说，严厉地教育一下该店员："我看就拜托胁田好了，他很会训诫人。我们光是呵斥他一顿估计也起不到什么作用。而且我觉得，拙劣的同情搞不好会反遭那个年轻人的怨恨。"

"是吗？"大木含糊地应着。

"我认为没必要立案。不过还是惩戒一下为好。让他知道日后再犯可就没有好果子吃了。"

事情就这么定了下来，贵子和大木带着店员回到署里。查账本查得百无聊赖的胁田兴高采烈地接过了训诫的任务。他联系店员的监护人，把他们叫来，谈妥了对店长的赔偿方案。

在大木撰写此案报告书期间，贵子去了趟资料室，借出去年夏天"变态"案的案情记录。她在桌前翻看记录时，还接了好几通电话。其中一通是新案子。年轻主妇报警称，自己深受纠缠不休的骚扰电话之苦。贵子听取了事情经过，做了简单的笔录，建议对方还是来警署谈一谈比较好，但可以先录下打来的电话。磁带可以成为证据，而且有时候，仅仅是告诉打骚扰电话的人自己遵照警察的建议正在录音，就能取得很好的效果。

就在贵子挂断这通电话的同时，鸟岛走出审讯室，说要暂作休息。

"我还没忙完，能再等等吗？"

"没事，待会儿就麻烦你了。"

"还是什么都不说？"

鸟岛用双手比了个叉。他回到审讯室,换了仓桥出来。仓桥点了根烟,一屁股坐在贵子的桌沿上。

"在看什么呢?"

听贵子说明后,仓桥脸上浮出一抹笑意:"干脆来次乔装诱敌怎么样?"

"仓桥你不适合女装啦。"

仓桥仍带着笑,探头去看贵子阅读案件记录时做的笔记。

"自行车?你认为那个变态混蛋利用了自行车?"

"嗯……"

"可那家伙逃的时候不都是靠跑的吗?"

"他是逃进巷子里的。说不定自行车就藏在那儿。"

"光屁股跨在车上可是很痛的哟。"

看着仓桥一本正经的样子,贵子差点儿脱口问他"你试过吗"。

"我觉得交通工具不是关键。变态出没的范围很有限,肯定就住在附近。"

"可是,去年顺着这条线调查不是一无所获吗!说不定就是出乎我们意料的远距离作案。"

"难不成是汽车?"大木说,他哗啦哗啦地翻着写好的报告,在贵子身边坐下,"他开车来现场,将车停在离现场不远的地方,然后在周边出没作案。"

仓桥抱着胳膊说:"没听说过暴露狂还远征的。"

"如果是车的话,为什么逃走时没有发出声音? 被骚扰的女性都不曾提起听到过汽车引擎的声音。"

"他也未必会即刻逃离吧,可能就藏匿在车里。"

"顺便把衣服也换了?"

贵子看着仓桥的脸,他微微地挑了挑眉毛。

"案发当时,不知现场附近有没有出现过可疑车辆。"

大木迅速地说:"也不排除犯人白天就来摸过底的可能性。我们也去交通课打听打听。"

之后的时间,贵子在和大木共同研究资料中度过。她全身心地投入,直到大木说"对了,午饭怎么吃"才抬起头来,发现时间已经过了下午一点。

大木也是看到鸟岛拿着摞起来的外卖海碗走出审讯室,才想起了午饭。鸟岛手上有三个海碗,看来就连保持沉默的伤害案嫌疑人都已经好好吃过饭了。

"要不出去一趟? 顺便也去见见那位巡逻的警员。"大木敲了敲昨晚案件的报告。昨夜目击到白雨衣男并追踪上去的警员,在高田堀公园入口以北约两个街区距离的派出所执勤。

"那附近不是有家很好吃的荞麦面店吗,记得是叫甲州庵……"

贵子将脚尖伸进脱在脚边的鞋子里。今早她只配一杯咖啡吃了一片吐司。当用手撑着桌子站起来时，她觉得自己可能比自认为的还要饿，因为头轻飘飘的。

"对对，那儿的馎饦①很好吃。"大木说。贵子正觉得他的声音听起来缥缈得古怪，视野便急速地旋转了约莫九十度。她慌乱地想用胳膊撑住身体，却感到胳膊也绵软无力，身子更是倒了下去。

堆积如山的文件轰然倒塌。最上面的一册落在贵子的脚边，贵子感觉它碰到了自己的鞋子。但这触感极其遥远，就好像自己的腿变得有一百米那么长。

她的身体向前倾倒，胃缓缓悬起，又落了回去。"小本！"大木呼唤她的声音在中途消失了。

消毒水的刺鼻气味，还有若有似无的排泄物的臭味。两股味道飘荡着，像无法混合的水与油，彼此否定的同时又在互相强调，这是医院的味道。睁开眼睛后，贵子很快就意识到了这点。

她身处狭小的单人病房。床头方向有扇高度及腰的窗户，下午的阳光照射了进来。她呆呆地盯着白色的天花板，听见窗外传来了铃声。这附近应该有所学校。

她立刻想起自己在刑警办公室倒下的事。这么说，自己是被送到医院来了。贵子虽然体形纤瘦，但从儿时起就极为健康，

---

① 由扁平的乌龙面加上蔬菜及味噌炖煮而成的一种面食。

躺在病房的床上对她而言还是人生初次体验。

"你醒了？"床边有人说话。小室佐知子俯视着贵子。

"小室前辈……"

佐知子按住了想起身的贵子。她穿着薄款的毛衣和牛仔裤，不施粉黛的脸上笑意盈盈："麻烦你继续躺着！讨厌，能不能别吓我啊？"

佐知子比贵子早两年入职，是交通课的女警。贵子和她最合得来，当巡警那会儿就备受她的关照。

小室家算得上城南警署辖区内数一数二的资本家，是地产众多、延续了三代的大木材商。佐知子虽为高门大户中四姐妹里的三女，却为了实现儿时起的梦想，不顾父母的反对当了警察。

贵子也因此有过一次有趣的经历。她当时和佐知子同乘小型巡逻车，停在十字路口等信号灯，旁边车道上停着一辆标记着"小室铭木商会"的车，一个看起来十分忠厚的中年男子降下驾驶座一侧的车窗，探出身来，向贵子低头行礼："我家小姐承蒙您的照顾了！"佐知子露出极其尴尬的表情，对贵子解释："那是我家公司的主管。"当中年男子的车在十字路口右拐离去时，佐知子挑剔地说："方向灯打得太迟了！"即使是和家中有生意往来的公司或银行的车辆，只要发现存在违规停车或超载的情况，佐知子都会毫不留情地予以处罚，听说她也因此在家族内部被视为讨厌鬼。

"对不起，是谁叫前辈您来的？"

"是大木。"佐知子回答，"他叫了救护车之后就马上打电话给我了。我今天正好不当值。"

"小题大做的家伙！"贵子真心生起气来，"还有比这更丢人的吗！只不过是贫血而已，叫什么救护车！"

佐知子按下呼唤铃的按钮，露出责备的神情："你可别说这么忘恩负义的话。大木真的很担心你。这也是理所当然的啊，谁叫你突然就在他眼前倒下了呢。"

天花板上的麦克风里传来了护士的声音。佐知子用爽朗的声音告诉她病人醒了。

"但是我什么毛病也没有啊。"

"什么毛病也没有的人会昏过去吗？"

"我当时肚子饿了……"

佐知子忍俊不禁："和个头比起来，你确实挺能吃的。不过，看你还有力气发牢骚我就放心了。"

"现在几点？"

佐知子看了看表："差不多五点了。"

贵子大吃一惊。晕倒时是一点左右，自己竟然昏睡了那么久。

看到贵子的表情，佐知子又露出担心的神色："是啊……所以大家都吓坏了。刑事课的那几个老头子，平常也没少见到昏过去的女人，按说都见怪不怪了。可你一倒下就不动了，连痉挛都没有，他们让你躺了一会儿想看看情况，结果你完全醒不过来，而且还打起呼来了。"

"打呼？"贵子笑了，"讨厌，这不就说明我只是单纯地睡着了吗？不过，我应该不打呼啊。"

"就是啊，所以才担心啊！你不知道？脑中风倒下后，即使平常从不打呼的人也会发出大得出奇的呼噜声。至于为什么会有这个症状，我不清楚，不过大木他们生怕你是因为脑部疾病倒下的，慌了手脚，所以才叫了救护车。"

"我这个年纪得脑中风也太早了吧！"

嘴上避重就轻地敷衍着，贵子内心却感到一股寒意。我打呼了……就像脑中风的人，就像脑子出了毛病的人。

难道这也和那个能力的衰退有什么关系吗？

为了不让佐知子察觉，贵子攥紧了满是冷汗的手。是这样吗？昏厥倒下，对于此前的贵子是不可想象的。这和令贵子始料未及的"那个能力正在衰退"的事态，果然存在关联吗？

不多时，主治医生和护士来做了简单的检查和问诊。在失去意识期间，贵子被换上了薄款睡衣。睡衣是全新的，看来是佐知子帮忙准备的。

主治医师用温和的口吻认同了贵子的说法。年轻女性在疲劳和营养不足的双重作用下引发贫血的情况很常见。特别是忙于工作以致生活不规律时更容易发生。但是，若只是单纯的贫血，昏迷四五个小时都没能恢复意识的情况也有点儿匪夷所思。医生对此感到担心。就贵子的情况看，医生不认为这是重病的征兆，所以他不是危言耸听，只是以防万一，强烈建议贵子今晚住院接受血液检查和 CT 扫描。

"我不能太悠闲的……"

贵子刚支支吾吾地开口，步入初老期的主治医生便用夸赞的语气说："哦对了，听说你是警察。才这么年轻，真是优秀！"

"我还只是新手。不过也正因为这样，身体明明没什么不舒服的，又怎么可以休息呢。"

今早起床时，感觉和平时并无不同，既没感到哪儿不舒服，也没觉得身体状态有什么不对劲。身体从无宿疾，直到倒下前的那一刻，都没有感觉到任何征兆——贵子不肯罢休地缠着医生解释，保证这周一定抽出时间过来接受检查，恳求医生今天先放她回去。她软磨硬泡了将近一个小时，主治医生才做出让步，允许她出院。

"你还是那么固执。"佐知子笑了，"不过真的没事吗？现在在这里逞强，以后要是变严重了，会给刑事课的人带来更大的麻烦哦。"

"知道。我心里有数。"

贵子麻利地换上套装。窗外早已暮色沉沉。大木在干什么呢？白天他说过今晚会去高田堀公园一带转一转。

佐知子帮她整理翻卷的衣领。当佐知子的手掠过脖子时，贵子轻而易举地看到了佐知子的内心。

佐知子披着华丽的和式长罩衫。因为披在日常穿的衣服外面，似乎是在试穿。她笑容满面，身边有人紧挨着她——是贵子不认识的男性。

贵子注视着佐知子。她背对着贵子，正在整理病床。不知是不是错觉，她如今的举手投足，比起贵子所熟悉的麻利干练，更显娉婷温婉。

"前辈？"贵子小声唤道。佐知子扯平毛毯上的褶皱，"嗯？"了一声。

"难不成，你最近有什么喜事？"

佐知子猛地回过头，睁大了眼睛，嘴角绷不住地露出害羞的笑来。

"讨厌……你是怎么知道的？"

贵子被暖洋洋的安心感包围。啊，准确地读取到了。

"没什么。就是觉得你变得特别好看。"

"真厉害。"佐知子笑着，稍显纳闷地盯着贵子，"你这方面还是没变。"

"这方面？"

"或许该叫直觉敏锐吧……以前一起巡逻的时候,你常常能够准确地看穿对方的心理而采取行动,总叫我大吃一惊。"

"是吗？我倒觉得我老是把事情搞砸。"

"我甚至偶尔还会怀疑,你该不会真能读懂人心吧。"

说者无意。这不过是佐知子的赞誉之词,贵子却垂下了双眼。

"当然,不是指读心术这类离谱的能力,"佐知子继续说着,"但是,我认为有的人就是拥有天生的直觉。对警察而言,这可是难能可贵的素养哦。所以你才会早早地崭露头角。"

"可刑事课好像一直觉得收留我这样的人是个错误。"

"今天下午他们似乎真是这么想的。针对你生病到底怪谁,刑事课的老头子们在互相推诿呢。"佐知子笑着,"啪"地一拍贵子的肩膀,"好好干呀,本田。"

从被触碰的肩膀传来了充盈佐知子内心的暖意。名为"幸福"的碎片,如纷飞的纸屑,闯入贵子的心间。

"你会成为优秀的刑警。所以,要好好保重身体。健康是第一位的。"

"知道了。不胜感激。"贵子迅速地鞠了一躬。

"那就好。"

"对了,前辈。我想洗把脸……"

"走廊左转走到头就是洗手间。我先下楼去大厅等你。"

出了病房，贵子和佐知子分开，走进洗手间。她走路不打晃，也没觉得不舒服，就是有点儿恍惚。

因为建筑老旧，洗手间略显昏暗，洗手池前的镜子模模糊糊的。贵子看向镜子，镜中的自己双眼无神，一副刚睡醒的模样。

她用双掌在脸上"啪"地一拍，发出清脆的声响。

先前是我多心了。贵子凝视着自己的眼睛思考着。不能草率地认定那个能力和今天的昏倒——这是医生所用的说法——有关。倒下是因为贫血，而昏睡不醒则是因为近来睡眠不足，身体需要补觉。仅此而已。

担心能力在衰退或许也只是想多了。这能力本就有起伏波动，既然会有非常敏锐的时期，自然也就会有不活跃的时期。这回只不过是不活跃的时期稍长了些罢了……

她拧开水龙头，将手伸到倾泻而出的水流下。冰凉凉的，惬意极了。

能力。我的力量。

刚刚准确地读取到了。不是还吓了佐知子一大跳吗？什么渐渐衰退，肯定是想多了。

对警察而言，这可是难能可贵的素养哦。

哪是什么素养啊，我是因为拥有这个能力，才能走到今时今日的位置上来。

贵子用双手掬着水，哗啦哗啦地洗着脸。虽然也有热水龙头，但她现在需要的是冷水的凉意。

清醒点儿，贵子——她呼唤着自己，振作起来，贵子。

洗了几遍脸后，她用大手帕擦干，感觉神清气爽，连脸颊也变得光滑了。她用手搓着脸，按摩了起来。

就在那一刻，贵子的手蓦地顿住了。掠过指尖的感觉很奇怪。不，准确地说，是没有感觉。什么感觉也没有。

是在左眼旁的太阳穴附近。手指明明摸在上面，那里的皮肤却麻痹了似的，没有任何感觉。

她抬起指尖，稍微往旁边挪了挪，在太阳穴的周围试探。没错——左侧太阳穴约十日元硬币大小的部分麻痹了。触碰时，只有指尖有触感。就算用手掐，也只能感到皮肤被拽起，既不痛也不痒。唯独那部分的皮肤像是坏死了一样。

坏死的是皮肤吗？不，或许是神经？

贵子慢慢放下手，捂住嘴巴。她感到手指下的嘴唇在颤抖。

贵子在刑警办公室一露面，在场的四五个男人便吃惊地扬起脸，离开座位围了过来。就连美浓田课长都屈尊起身走了过来。

"不住院能行吗？"

"已经没事了。给大家添麻烦了。"

胁田用胳膊肘支着桌子，在账本山的阴影中搭腔："是夜里玩得太凶了吧!"

换作平时,贵子早顶回去了,但这次她只是老老实实地把头一低:"大木呢?"

"说是要去昨天的现场。下午的搜查会议上,他接了高田堀附近的案子。仓桥先替你陪他一起去了。"

"仓桥?那他手上的伤害案有眉目了吗?如果我没有贫血的话——"贵子故意把"贫血"两个字咬得很重,"下午就帮着去审嫌疑人了,鸟岛让的。"

美浓田点点头:"他是说过让女刑警摸个底试试。因为那家伙死不开口。"

"还是不行?"

"什么都不说。"

"鸟岛还在审讯室?"

"不在,嫌疑人已经回楼下了。鸟岛去了医院。倘若被害人恢复意识,多少能有些进展吧。"

美浓田的人中长,下巴也长,以至于看上去总是一副心不在焉的表情。这也是他被毒舌的胁田称为"偷税金的小官僚嘴脸",贬得一文不值的原因。

"我也去高田堀公园看看。"贵子说。

"现在?你今晚就休息吧,脸色那么差。"

"有什么关系,本人都说要去了。"胁田大声说,"又没几步路。"

在和账本较劲，以及向稀里糊涂的自治会会员们询问案情中度过一天后，胁田比平时还要恶声恶气。贵子赶紧离开办公室。在关门的一刹那，她隐约听到美浓田课长叹着气抱怨道："搞出过劳死可怎么……"

从高田堀公园的名字也能猜出来，它是将原有的贮木场填平后建造而成的。[1] 建成时，树木都是新栽的小树，围绕着公园做行道树的樱树也很纤弱，花开得寒碜。不过现在都粗壮起来了，枝繁叶茂，成了附近居民喜爱的赏樱胜地。

贵子从公园北门进入，欣赏着左侧沿途的樱树，斜穿过公园走向西门。昨晚的案件就发生在西门前至站前路的单车道上。因为是单行线，夜间行人稀少。

不过，现在正是樱花盛开的时节。虽然高田堀公园里禁止开赏花会，不会有人带着酒食前来喧闹，但赏花季期间仍观者云集，都是借散步之便前来赏樱的人。同样，观赏夜樱的人也不在少数。今晚也是，虽然已经过了晚上八点，依旧人来人往，有携家带口的，也有年轻的情侣。虽然昨晚的案件发生在夜里十一点，但即使在那个时间，也仍有存在目击者的希望。

身为独自前来的年轻女子，贵子既不赏繁花绽放的枝头，也

---

[1] "堀"在日语中指护城河。古时日本不在陆地储存木材，而是让木材集中漂浮在有一定面积的水面上，这种水面叫作"贮木场"，通常靠近水渠或护城河。

不看盛极而落的樱瓣,只顾快步穿过公园,无疑是夜樱良宵中不识风雅的异类。在这一点上,她倒和昨夜那个将不健康的冲动和身体都隐藏在白色雨衣下的犯人相差无几。

即便如此,她仍一度在途中驻足。在樱花竞放、枝对叶比的行道树下的人行道上,她发现了稀罕之物。

咦……?

它混迹在树下的杂草中,星星点点地开着花。贵子微微弯下腰,凑近观看。

不会错的,是鸠笛草。

淡紫色的花,和龙胆相似。叶多茎粗,总体看来毫不起眼。贵子从不曾见到它作为鲜切花出售,想来只是彻头彻尾的野草而已。在和樱花相同的花期里,在公园的杂草丛中,在混凝土浇筑的河堤的缝隙间,它竟突然盛放了。

老实说,她连它的名字也不知道。叫它"鸠笛草",是因为花朵的形状酷似鸠笛[1],贵子随便叫的。不,准确地说,这名字也不是贵子取的。命名者另有其人。

贵子向鸠笛草伸出手,想碰一碰它,却在最后一刻打消了念头。她觉得这巧合很是诡异,心情随之低落。

为花命名之人的脸在脑海中浮现,已有一年左右没见了。最后一次见面时说的是——

---

[1] 一种做成鸽子形状的陶笛,声音酷似鸽鸣。

没错，说的就是假如能力消失会怎么样。

此时此刻，在这里发现了鸠笛草，那段记忆也随之浮现。虽然从季节上看没什么稀奇，但偏偏是在自己昏倒的这天看到了鸠笛草……

贵子猛然站起身，跑了起来。一对漫步的情侣转过头，投来诧异的目光。贵子边跑，边握紧想去触碰太阳穴无知觉部分的手指，只看着前方。

这拼命的奔跑没有白费。贵子出了西门左右张望，看见仓桥和大木并肩从站前路的方向朝这边走来。大木双手插在口袋里，看起来很沮丧。

在贵子出声之前，仓桥就看见了她。大木一路小跑地来到近前。

"不住院能成吗？"

"贫血而已。抱歉让你担心了。见过昨晚的受害人了吗？"

报告上登记的受害人住址是某个公共住宅，从这里出了站前路，过十字路口就是。这条狭窄的单行道是她的通勤路。

"见是见了，不过最近的年轻姑娘可真是刚毅。"仓桥说，"我们问话期间，她一直笑个没完。本来还以为她会更受打击一些。"

"最近，就连高中女生遇到暴露狂这种小角色都不会受惊啦。"

"真厉害啊。她还懊恼当时没说'哎呀，好小！'呢。"

"所以暴露狂才会增多不是吗？"大木一针见血地说，"小本，你真的没事吗？脸色那么苍白。"

仓桥也狐疑地盯着贵子。贵子挤出笑容。

"是樱花颜色衬的吧？连医生都说我的身体很健康，搞不懂我为什么会倒下呢。"

"你跟我们没什么好客气的。身体是革命的本钱，这点大家都一样。"

"好意我心领啦！可是你真的好啰唆呀，大木！"贵子环顾四周，"案发现场在哪儿？去看看？"

"在那边。犯人是从那里现身的。"

大木指着他们来时的方向。就在这条路快要和站前路相交的左侧，有一个宽敞的露天停车场。是自助式的包月停车场，虽然有两层，但车几乎停满了。

"据说他躲在车辆的阴影里，当受害人走近时，便敞开雨衣蹿出来。受害人尖叫着躲闪开，然后那家伙就转身向停车场里面跑去了。"

"原来如此。"

停车场几乎占据了这一片区域。看来犯人从西门的单行道逃到这里后，就横穿停车场，从另一侧出去了。

"巡逻的警员是在哪儿目击犯人的？"

"他从站前路的方向过来，见犯人冲进停车场后便追了上去。但你也看到这里车辆的数量了吧？他被犯人甩掉，跟丢了。"

"要是他抢先去另一侧的路上堵着就好了。"

"都是几秒间的事，怕是也来不及考虑那么多。"仓桥打了个哈欠，"明明夜樱这么美，却发生了这种无聊的案件。"

"其他目击者呢？"

"目前还没有。据受害人说，撞见犯人前，她前后好像都没有行人。"

贵子走进停车场，用手摸了好几辆车。但都没有相关的感触。只在摸到一辆座椅似乎还散发着皮革味道的新奔驰时，听到男女激烈的争吵声像电话串线般断断续续地传来。似乎是争风吃醋引发的争吵。昨晚的犯人恐怕天生就和争风吃醋无缘，所以这辆车应该与案件无关。

在右手触碰车辆的同时，贵子下意识地用左手摸着太阳穴的无知觉部分。和在医院里摸到时相比，麻痹的部分似乎没有扩大，但也没有缩小。

"本田，你打算买车吗？"仓桥问，"看你打量得这么仔细。"

贵子缩回手，微微耸了耸肩。

大木语气轻松地说："小本有在现场摸来摸去的习惯。"

贵子不禁向大木看去。他正两手叉腰，环顾着停车场，丝毫没有意识到自己刚才的发言意味着什么。

反倒是贵子猛扭头看大木的这个动作，似乎引起了仓桥的注意。他挑起眉毛，略带疑问地看着贵子的脸。

"我就像小孩子似的，什么都摸。"贵子说。

大木带着自制的地图。在高田堀公园及附近的地图上，大木标记出了昨晚的案件和去年夏天十五起案件的发生地，以及根据推断画出的犯人的逃跑路线。大木在路灯下展开地图，三个人把头凑在一起研究了起来。

"不用说，犯人很熟悉这一带，可以说是了若指掌。"仓桥用手指敲着地图说，"但他未必熟知全部的地形，喏，不信你们看。那家伙蹿到路上惊吓女性之后，基本上是通过建筑物之间的窄缝、昨晚那样的停车场，以及高楼区域的内部逃走的，而不是从一条路逃往另一条路。"

正如仓桥所说，比如去年夏天第一起案件的现场就在离高田堀公园北门约一百米的地方，那儿有一个临街的大型物流中心。因为是没有门和围墙的开放型建筑，晚上只有门卫室里有人值勤，若是绕到仓库后面，可以畅行无阻地从前街穿到后巷。

贵子他们跟门卫室打过招呼后，去仓库后走了一遭。因为是路灯和仓库的长明灯都照不到的地方，所以有些昏暗，但也没黑到无法跑步穿过的程度。他们向门卫打听，得知物流中心的工作人员不会经过这里，但电表或水表的抄表员会从这里走。的确，在仓库后面有座建筑，看大小像是置放计量表箱的地方。

"难道抄表员是犯人？"仓桥眼中带着笑说，"可是，抄表员不是以女性居多吗？"

"那些抄表员是如何记住建筑物的计量仪表位置的呢？"大木嘟囔着，"就算是老手，也不可能从一开始就一清二楚吧？建筑会改建，个人负责的区域恐怕也会变更。"

"不是前一任向后一任口头交接吗？"

"那就够了吗？"

"你是不是认为犯人有地图？"贵子问。原来如此，这倒不失为一种思路。

"有也不奇怪。"

"我搬到现在的公寓时，来帮我家开通燃气的操作员还向我老婆打听燃气表在哪儿呢。"仓桥说，"他就不知道嘛。要是有地图，他怎么会来问我们？"

"不，所以我的意思是，也许不是什么制式的地图，但抄表员会不会各自持有手制的、类似备忘录的东西。"

"唔……那样的话也说得通。不过，和这个案子有什么关系？"

"要说关系嘛……"

大木顿时露出了不自信的表情。他在仓桥面前动不动就会这样蔫掉。这恐怕是出于他对仓桥能力的认可，但贵子偶尔也会为他着急，觉得他干吗不能再硬气一些。

"你是想说，或许可以设想这种地图落到了第三者的手中？"贵子说。

"嗯，差不多。"大木蚊子嗡嗡似的回答。

仓桥笑了："想多了吧！那种个人手册似的东西，要怎么泄露到外部去？"

"也是……"

大木揉着头发，原本就乱蓬蓬的头发更乱了。贵子什么也没说。但她将大木的想法牢牢地记在了心里。她认为这个想法并非微小到可以一笑了之的程度。

对照着地图，三人挨个探查所有的案发现场。因为细致地查证，三人过了十点还没走完一半的路程。这么晚还在外面晃悠，会引起附近居民不必要的误会。他们决定今晚的探查暂告一段落。

走回高田堀公园的途中，仓桥在警察手册上记录着什么。

"六起案子里，"他说，"犯人可能的逃走路线上有计量表箱的，只有三起。"

贵子微微一笑。仓桥的个性也真是要强。大木连续地眨了好几下眼。

一出站前路，大木就说："小本就直接回家吧。"

在巡视现场期间，他也一直锲而不舍地说"小本你该回去了"。

"大木你们不直接回家吗？"

"先回趟警署。"

"那——之后要去'上总'的吧？我肚子也饿了。"

"上总"是刑事课的刑警们聚餐的地方。虽然是进去十个人就客满的小酒馆，但料理好吃又便宜。经营者是原先在城南警署供职的巡逻警员。在执行公务时负伤离职，之后开了这家小店。

仓桥解开领带塞进口袋，说："要是你身体撑得住，也不是不行。就一起去喝一杯好了。"

说着，他便张望起还在揽客的出租车来。仓桥最近虽有些中年发福的趋势，但仍是个相当英俊的男人，在明亮的路灯下，他解开领带叼着烟的样子颇为赏心悦目。不过，就是看着不像正派人。

"太饿的话，又要昏倒了。"见大木板着脸，贵子满脸堆笑地说，"而且我回家也没有东西吃。因为没有存货。"

"小本你就是不注意保重身体。"大木近乎责备地说，"你是不是从不自己做饭？"

"还不是因为太忙了。"

贵子不想回家。独自一人的话，就算不愿意也会胡思乱想。现在她没觉得不舒服，走路也不晃荡，既然如此，她现在不想去担心太阳穴的无知觉部分。

三人巡视现场的时候，贵子再次感到，自己果然是喜欢办案的——喜欢和同僚们像这样共事。和大木一起办案时，不管在处理多么无聊的案子，心头也会突如其来地涌起"啊，我真的当上刑警了"的念头，而今夜，这心情似乎来得分外强烈。

她不想去深入分析自己的心情为何如此。应该说，这是她现在最不想做的。即使那能力消失了，自己也能如常工作吗？假如那能力衰退了，自己是不是就再也不能与仓桥、大木他们为伍，再也说不出自己的见解，从此沦为平凡的外行了呢？这是她今夜最不愿去想的。然而，若是就此回家，孤身独处，她担心自己会一直沉溺其中，彻夜难眠。

仓桥寻到一辆空车，用力地挥着手。大木像是放弃了似的叹了口气。

"那吃完饭就回去。"他对贵子说，"我会送你的。"

真是装模作样的家伙，贵子想。近乎迁怒地，她的火气一下子蹿了上来。

"我的身体很健康，好吗！"

"都被救护车拖走了，还说什么健康。"

"我可没求谁叫什么救护车！"

"你可是像死人一样瘫倒在地上啊！如果是大病的先兆怎么办？"

贵子不自觉地高声吼道："多管闲事！"

大木神情一凛，他不是愤怒，而是震惊。出租车停了过来，车门打开。仓桥嬉皮笑脸地说："别打情骂俏了。好了，要走了。我坐前面。"

仓桥弯下腰，刚告知司机目的地，就听见了"哔——"的声音。仓桥顿住了，大木也顿住了。

贵子看着他们两个："谁的？"

"我的。"仓桥说着，手伸进上衣，在怀里找寻着。传呼机还在叫个不停。紧跟着，大木的传呼机也响了。

"司机师傅，有车载电话吗？"

面对仓桥的询问，司机一言不发地朝贵子他们的身后一指。那里有台绿色的公共电话。

仓桥让司机稍等，自己去打电话。贵子的传呼机一点儿动静也没有，这大概是因为白天的入院骚动令联络员有所顾虑。毕竟仓桥、大木两个人的传呼机同时响起，说明肯定是全员都被召集了。

仓桥很快就打完了电话。见他放下听筒，大木赶紧问道："怎么了？"

"有孩子失踪了。"仓桥简短地回答道，"十一岁的女孩。从补习学校离开后就没回家。据说平时都是父母接送，只有今晚是别人来接走的。"

大木立刻钻进出租车。仓桥对司机说："抱歉，去另一个地方。"

失踪儿童。

贵子几乎条件反射地抬起手，摸了摸太阳穴那个没有感觉的部位。

03

贵子和大木、仓桥一同回了署里的刑警办公室。刚进门，美浓田课长就露出惊讶的表情，张嘴想要说些什么。

"我已经没事了。"贵子简短地将课长的话堵了回去。这事便不了了之。胁田和鸟岛都没有对贵子回来参与搜查提出任何异议，毕竟他们看起来就没有余力去考虑那种事。

现阶段的指挥由胁田负责。住宅区自治会案件的材料已被堆到了旁边的桌子上，电话前清出了一大块地方，各种自治会的联络簿和消防团团员名单、地区电话本等，都翻开来摆在那里。

"尚未回家的这名儿童叫小坂满，十一岁，是城南第一小学五年级的学生。"

胁田看着备忘录，说话的语速极快，但表情并没有那么紧迫。从"尚未回家"的表达方式，也看得出他自成一格的严谨。

"家住宝桥町4-6-9号，卡莎宝桥503室。父亲小坂伊佐夫，四十九岁，在明星运输仓库的方南町支店——这么说是在中野那边——任营业科长。母亲小坂则子，四十五岁，无业。小坂满是独生女，没有兄弟姐妹。报警人是母亲，她于今晚九点后去补习学校接女儿，得知女儿在大约十分钟前和其他人一同离开时，当即拨打了 110 报案。补习学校是位于伊泽町 1-1-4 号高桥大厦一楼的东邦升学补习学校，由于离小坂家相当远，女儿平常都是由母亲开车接送的。"

翻过一页笔记，胁田干咳了一声。

"负责补习班的讲师姓名为武田麻美，女性，二十五岁。她称接走小坂满的人是位三十岁出头的女性，身高一百六十厘米左右，长发，身穿牛仔衣和牛仔裤，穿的鞋子像是运动鞋。因为小坂家过去从来没有其他人来接孩子，她一开始觉得可疑，但该女性自称是小满的阿姨，小坂满本人也予以承认，所以她才放心让孩子离开了。她还说两人看上去非常亲密。"

"那个阿姨有留下名字吗？"仓桥问。

"没有。只说是阿姨。"

"开车来的吗？"

"不清楚。但武田老师没有看到车，也没有听到类似汽车引擎的声音。"

大木的手指在太阳穴附近挠了挠，苦笑了一下："既然叫小满的女孩承认来人是自己的阿姨，岂不是自愿跟着走的。"

"根据情况来看，是这么回事。"

"既然如此——为什么一下子搞这么大阵仗？"

仓桥也显得有些兴致索然。贵子记完笔记，抬头看着胁田说："是做母亲的乱了阵脚吧？"

胁田使劲一撇嘴："正是。报警时，父亲小坂氏还在公司。刚刚才打电话来说自己到家了。"

"也就是说，母亲在通知父亲之前就先报警了？"仓桥说。他仍是一副提不起劲的模样，但从眼神来看他并未松懈。

"是这么回事。而且，从最初报警时起，她就一口咬定'女儿被绑架了'。因为她和丈夫都没有兄弟姐妹，对女儿小满而言，根本就没有相当于'阿姨'的人物存在。而且，她完全想不出符合那名女性的特征的人。"

贵子抬头看着大木的大脸。大木还在挠头，但嘴角的苦笑消失了。仓桥和大木应该都意识到了，这个案件和他们当初收到联络时所想的不同，是另一种意义上的棘手案件。

"此外还有一点。可能会成为整个案件的关键点，但也可能不会。"胁田压低声音，"小坂夫人旧姓筱塚，是区议会议员筱塚诚的独生女。"

"筱塚……"

贵子脑中浮现出町内到处张贴着的海报。其中应该也有印着"筱塚诚"名字的。再过两周左右，就是统一地方选举的投票日。

"这案子难道牵扯到选举？"贵子问。

"还不能断言，不过大家心里先有个数比较好。摆出这个阵势是有原因的。考虑到万一真是绑架，我们不能公开搜寻。虽然也联系了自治会和消防团，但眼下还不打算让他们行动。目前还是先加强巡逻，进行盘查。"

胁田语气平淡，平时的毒舌消失得无影无踪。如果此案最终不过是虚惊一场，他压抑的难听话恐怕会两倍、三倍地爆发，但毕竟事关重大，他当下也不得不有所顾忌。

大木仍用天生慢吞吞的语气说："这样啊……筱塚诚，我记得是地铁风亭建设问题的中心人物。"

东西横穿这一地区的都营地铁新线路的建设工程，大约是在三年前动工的。距完工还需要两年左右。

对于通地铁这件事本身，本地居民并不反对，反而相当欢迎。据说地区内会新增两个车站，商店主组成的商业振兴会等甚至带头支持，力促此事。

然而，当都营交通局提出，想在刚好位于两个新站中间地带的松本町一角建设风亭时，沟通就变得麻烦起来。想也当然，松本町风亭建设选址周边的居民们，发起了激烈的反对运动。

预期建设风亭的土地本身归东京都政府所有，面积约五十坪。即使不为建设风亭收购新的土地，也绰绰有余。选中这块地大概也正因为此。可是，在周边的居民看来，这简直不可理喻——难道是打算让我们每天吸着排放的废气过日子吗？虽然多次召开听证会和说明会，反复调整意见，却至今没有结果，形成了只有地铁工程在按部就班地进行，建不建风亭却始终无法得出结论的现状。而筱塚诚则是"勾结都营交通局"的风亭建设推进派议员，在松本町居民们的眼中，是宛如蛇蝎、令人厌恶的存在。

"可是，迄今并没有听说筱塚诚的事务所因为相关矛盾遭到骚扰或恐吓，对吧？"仓桥对大木说，"虽然听过双方关系非常紧张的传言，但不管怎么说，反对派即使在松本町内不也只占少数吗？那里本来就是个只有一丁目的小街道。更何况，小坂满是筱塚的外孙女。再怎么强硬的反对派居民，也不至于对他的外孙女出手吧！又不是刑侦剧。"

大木微微摇了摇头："可小满的母亲是那么认为的，所以才慌忙报了警吧。"

"正是如此。"胁田总结道，"而且，十一岁的女孩被父母都不知身份的人物带走也是事实，这个时间点都——现在几点？"

"十点半。"

"——都还没有回家，事态也算严重了。仓桥，你和阿鸟去小坂家。现在伊藤在那边指挥搜查。大木和——"胁田稍微停顿了一下，与贵子对视，"大小姐去东邦升学补习学校。接到报警后户崎就过去了，你俩换他回来。"

户崎刑警比贵子还要年轻，是刑事课年轻一辈的刑警中年龄最小的。虽然是贵子眼中一点儿也不可靠的青年，但胁田对他的评价很高，动不动就"户崎、户崎"地使唤他。大概因为他是"男人"，不用喊他"大小姐"吧。

一起来到外面后，大木问她："可能要通宵工作哦，小本你真的没问题？"

"啰唆！"贵子丢下这句话，向正好亮着空车灯开来的出租车抬起手。她用力握紧空闲的左手，努力克制住冲动，不去碰触太阳穴的无知觉部分。

这时，大木小声嘀咕了一句。

"什么？你说什么？"

大木坐进出租车，同时叹了口气："我是说晚来得子。小满十一岁对吧？"

小坂夫妇一个四十九岁，一个四十五岁，这个独生女确实是迟来的馈赠。

"所以他们的慌乱也在情理之中。就算不是区议员的外孙女，光这事本身就够呛。即使是虚惊一场，做母亲的，她的心情也是可以理解的。"

完全就是大木风格的感想。贵子点点头，随后陷入沉思。也许这不是重大案件。希望如此吧。希望少女平安无事，一切都是杞人忧天。这个可能性很大——

然而，今天似乎是个直到最后的最后，贵子的祈祷都实现不了的日子。在东邦升学补习学校那块即使在夜里远远看去也十分显眼的招牌下，贵子他们刚走下出租车，就看见户崎神色僵硬地呆站在一辆灰不溜秋、差不多该去清洗了的警务用车旁。他单手抓着无线电对讲机，卷曲的电线被拉得很长很长。

"就在刚才，小坂家接到了电话。"

在补习学校招牌发出的白光下，瘦削的户崎那凸显的喉结上下滚动着。

"对方说小姑娘在他们手上，要求小坂家准备一亿日元的赎金。"

空荡荡的教室里，负责小坂满的补习班讲师武田麻美坐在讲桌前，像被抛弃了般孤零零的。据户崎说，东邦升学补习学校规模很大，在都内开了十几家补习教室，经营者平时在位于西麻布的总部坐镇。今晚好像还没能取得联系，掌握不到他的下落。在来教室的途中，贵子他们经过办公室的门前，看到几名工作人员正各自抱着电话，大声地讲着什么。

在如此骚乱之中，大概没人有空顾得上武田麻美。她独自待着，哭肿了的眼睛红通通的。贵子走近她，报上自己的身份和姓名。麻美没有起身，只是点了点原本就低垂着的头。

"我们刚刚收到了联络，所以状况有了少许改变。"贵子尽量保持着平静的语气说，"小满的父母接到了索要赎金的电话。所以，绑架案已成事实。"

麻美猛地扬起脸。眼泪断了线似的，扑簌簌地从眼中掉落。

"真的吗？"

"很遗憾。"

"我今后会怎么样呢？"麻美的脸皱得变了形，"会被问罪吗？回不了家了吗？小满她不是被强行带走的，是高高兴兴离开的。我不应该有责任才对。"

哎呀呀，这个人还只是个孩子嘛。贵子想。精神年龄和做她学生的孩子们怕是不相上下。确实，她眼下的处境挺可怜，尽管如此，就不能再稍微振作一点儿吗？

"目前来说，不会立刻有人来追究你的责任。"贵子说，"但在若干方面需要你的协助。既然成了勒索绑架案，负责侦办的就不是我们这些地方警察，而是警视厅的刑警了。他们还需要一点儿时间才能赶到。届时他们也会向你询问小满被带走时的情况。你对之前的刑警说过的事，我想他们也会再次问及。还请你务必配合。"

"我……不能回家了吗？"

"不，等问话结束后，你应该就可以回去了。所以在那之前，还请先暂时待在这里。我也会陪你的。另外……"

麻美用指尖拭着泪。她的指甲涂成了鲜红色，非常好看。

她穿着超短的连衣裙，指甲油的颜色刚好与裙子碎花图案中的一种颜色相衬。先不论身为老师穿这身衣服是否合适，看来武田麻美是个很爱打扮的女性。

"还有一点，"贵子放缓语调继续说，"请务必不要将此事的相关情况说出去。绑架案发生时，连新闻报道都会受到管控，这你应该知道吧？因为最优先的是安全地救出人质。你和家人同住吗？"

麻美露出了畏缩的神情："为什么这么问？"

贵子微笑道："如果和家人住在一起，回家后，会很想向家人倾诉发生了什么吧。严格来说，就连这一点也是必须避免的。"

"我一个人住。"麻美用迟滞的语气回答。

"这样啊。那么等你回家后，也请对朋友保密。我明白你会产生各种不安的情绪，但这也是为了小满。能稍微忍耐一下吗？"

麻美没有回答。她单手撑着额头，视线一动不动地落在有着整齐木纹的讲桌上。然后，她冷不丁看向贵子："我可以叫律师来吗？"

贵子瞪大眼睛，难以置信地"啊？"了一声："律师？"

"是的。我有认识的律师。刑警不是要来调查我吗？那我可以请律师在场吗？我想，只要我打个电话，对方马上就会过来的。"

麻美充血的眼睛直勾勾地盯着贵子。贵子也回望着她，试图读出那双眼睛里暗藏的心思。叫律师来？她仅仅是因为外国犯罪电影看多了，还是——

"要我说，以你现在的处境还不需要律师出面。请冷静一点儿，沉住气。"

贵子小心地用温和安抚的语气对麻美说，同时悄然伸出手，隔着衣服，在麻美裹在泡泡袖下的纤细手臂上轻轻掸了一下。

贵子感觉到的，只有从纤薄的乔其纱面料下透出的麻美的体温，以及光滑的肌肤触感。什么也没有"看见"。明明触碰的是如此惊慌失措的女性，却什么都"看不见"。贵子感觉自己像是一脚踩了空。

"可是，小坂夫人说要起诉我。"

还是"看不见"。明明一直触碰着麻美，却还是不行。贵子掩饰住内心的动摇，将注意力集中在麻美的话上。

"起诉你？"

麻美如少女般点着头："她来接小满，得知那孩子和阿姨先回去了的时候，对我说：'居然相信那种胡诌的鬼话，不经监护人同意就将孩子交给陌生人是极其严重的失职，要是小满有什么三长两短，我一定会起诉你！'"

原来如此。因为发生了那样的事，她才会如此惶恐。

麻美抬眼看着贵子的脸，小声说："听说，小坂夫人的父亲有权有势,对吧? 好像是议员。"

"嗯,是区议会议员。"

"区议会? "麻美瞪大眼睛,"什么嘛,是区议会啊。不是国会议员吗? 搞什么,原来才是……"

看到麻美这么现实的态度,贵子虽不是出于本意,却还是笑出了声。麻美也笑了。

"小坂夫人说是国会议员? "贵子收起笑容,问道。

"不是,她说得没有很清楚。只是,她没完没了地训斥我,所以我也一下子火了起来,顶嘴说:'小满和来接她的阿姨是亲密地手拉着手离开的,这种情况下,我怎么可能有所怀疑? '夫人听了气得满脸通红,说我太狂妄了,还说了诸如'我父亲可是议员,方方面面都吃得开'之类的话。"

"又是那么——"贵子硬是咽下了"歇斯底里的反应"这几个字。在还没有赎金要求的时候就断定是绑架,小坂夫人的行径看上去相当离奇。

"你刚刚说,小满是和来接她的女性牵着手离开的。属实吗? "

麻美用力地点着头:"没错。而且还是小满主动伸手去牵的。"

"小满怎么称呼那名女性? "

"嗯……"麻美歪着头,"记得她在介绍的时候说是阿姨。"

"对方又是怎么称呼小满的？"

"就叫她小满。"

"你说过，她们的关系看起来很好？"

"对，非常亲密。完全没有不对劲的感觉。"麻美低下头，"我不是为自己找借口，但我到现在也不敢相信，那竟然会是以金钱为目的的绑架……你说有电话打来是真的吗？不是在诓我吧？"

贵子只是略微偏了下头，没有回答。

麻美叹了口气："对不起。你也觉得我不负责任，对吧？可是，说真的，对我而言，根本没有小满身陷危险的实感。那个被她叫作阿姨的人，和小满就像母女一样亲密。"

"那名女性是第一次来这里？"

"据我所知是第一次。"

贵子的手仍搭在麻美的手臂上。就在这时，蓦然有东西传递了过来。是非常混乱、惊恐的感情。同时，又有着如即将撒欢奔跑的孩童一般雀跃昂扬的情绪。

贵子不由得重新审视麻美的脸。刚刚，自己是"看见"她的内心了吗？又"能看见"了吗？

"请问，怎么了？"麻美说。

"不，没什么。"贵子慌忙从麻美手臂上撤回手。

这是否意味着，现在能够使用能力了？简直就像接触不良的开关似的，一会儿断开，一会儿连上。贵子想起了学生时代从朋友手上便宜买来的二手收音机。分明没在摆弄开关，偶尔却会突然收不到音；又或是与之相反，音量陡然增大，令人头疼不已。贵子现在的能力，是不是也渐渐变得和它一样了？

而这一切，果然和"能力渐渐衰退"的事实有关。

这时，教室门口传来低低的清嗓声。大木站在那里，向贵子投来略带责备的目光。

"失陪一下。"贵子离开麻美，走近大木，抢在他开口之前说，"抱歉。我知道自己越界了。我什么都不会再问了。"

在本厅的刑警抵达之前，辖区警署的刑警是不能问东问西的。当下，贵子接到的命令就只是在本厅的搜查班成员到来前，看住并保护补习学校的相关人员，确保联络系统的畅通。

对于贵子的道歉，大木没什么表示，只是平静地说："已经联系上补习学校的经营者了。他正在赶来。"

"武田小姐好像很怕自己因为这件事被怀疑或问责。"

"我们不能对此发表任何看法。"

"我觉得和她没关系。"

"不能这么快下结论。"大木严肃地说，"而且这也不该由我们来判断。你还不如问问她，有没有小满此前在补习学校里写过的东西，或是拍过的照片，等等。还有，我拿来了名单，希望她从中挑出和小满关系好的孩子。"

"知道了。"

贵子立刻着手进行,可麻美对学生之间的交集一问三不知。

"这里只是补习学校而已。"

不过,她还是在犹疑不决中选出了两个她觉得和小满走得近的少年。

"都是男孩?"

"是啊,因为小满很受男孩子欢迎。"

今年新年,这里的学生举办了新年会,在当时抓拍的照片中,小坂满也被麻美指出的那两个少年簇拥着。她束着长马尾,穿着红毛衣配短裤,紧身裤外套着麂皮长筒靴,看着不像小学五年级的学生,说是初中二年级也不为过。

就在这时,东邦升学补习学校的经营者——社长片田和本厅搜查班的刑警相继到达。麻美见状,蜷缩着躲在贵子背后,飞快地小声说:"我在这儿工作是为了临时过渡。今年没找到正职……如果惹上了什么麻烦,今后可能哪儿都不会要我了。"

看来这方面的情况才是最令麻美害怕的。贵子搂了搂她的肩膀,同样飞快地耳语道:"你既然有这方面的不安,就要如实地告诉负责的刑警。没事的,只要你说的都是实话,他们会好好听进去的。"

与刚才相同,从搂住的肩膀上传递过来的只有麻美内心的混乱、胆怯,以及近乎战栗的情绪碎片。应该说,能感受到的就这么多。我的能力。接触不良的开关。

——想触碰小坂夫人。

若是触碰她，会发生什么呢？"能看见"什么呢？不是作为区区辖区警署的新人刑警贵子，而是作为拥有能力的贵子。

在贵子看来，掌握这起案件关键的人是小坂夫人。这一点，即使只用身为刑警的眼睛看，也看得出来。而假如能够"看到"小坂夫人的内心深处——

本厅的刑警抵达后，立刻接手了工作，贵子被召回警署。就算发生了勒索绑架这样的大案，辖区警署也不能只专注于此。需要有人来处理日常工作和发生的其他小案子。但说实话，贵子被排除在绑架案外，绝不是什么令人愉快的事情。

大木仍留在东邦升学补习学校，参与案件的侦办。既然如此，为什么只有搭档贵子被召回？虽说留下也只是为了给本厅的老资格们搭把手，但人在不在场可是天差地别。而且，被排除在外，就等于永远失去了触碰小坂夫人的机会。

——要是交给我的话，那位夫人在想什么，为什么从一开始就慌乱地咬定是绑架，这些可疑的部分，我一定会读取出来给你们看。

带着一肚子气跑上警署台阶的贵子站住了。

一定会读取出来。不，应该是或许可以读取出来？

她缓缓抬起手，摸了摸太阳穴的无知觉部分。触感和傍晚在医院里触碰到的时候一样。皮肤坏死了。不过，范围似乎没有扩大。也许和那个能力没有任何关系，是别的问题……

她用力甩甩头，打断自己的胡思乱想。这种事再怎么琢磨也无济于事。她心一横，推开了刑警办公室的门。

房间里空空荡荡的。就连课长也不在。负责接电话的鸟岛冲她道了声辛苦，告诉她特别搜查本部设在同在二楼的会议室里。

"那边八成是战争状态，多亏如此，这里反倒清净了。"

鸟岛温和的脸上像涂着一层灰，又苍白又暗淡。大概他已经非常疲惫了。

"我也是待命组的。电话我来接吧，你稍微休息休息。"

"我看小本你比我还需要休息。别那么吓唬人成吗。"

贵子慌忙为让他担心而道歉："没什么大不了的，只是贫血而已"。

听她这么一说，鸟岛检查似的看着贵子的脸，说："左眼怎么有点儿肿啊。"

贵子吃了一惊。左眼？无知觉的部分也在左侧太阳穴。连旁观者都能看出来了吗？

"是因为没化妆啦！"她故作轻松地说，"比起我来，阿鸟你看着才更像病人。"

"那可不，我这病人当之无愧。"鸟岛笑了，"高血压、高血糖，还心律不齐,每天都得吃一大把药!真不想上年纪啊。"

说着,他略微收敛了笑容:"说起来,那个沉默的小年轻……"

他说的是之前伤害案的第一嫌疑人。

"他还是一个字都不说?"

"还那样。但只是不说话,饭照吃,觉照睡。今天也是和我一起在审讯室里吃的盖饭,饭吃完我不得吃药吗,他就一直盯着。你知道的,医生开的药都装在有医院名的袋子里。他就逐一确认似的瞅着。我最后吃的是胃药,他也还是直勾勾地看着,就好像在阅读上面的标签。我问他是不是需要胃药,他又摇头。"鸟岛揉着脖子笑了笑,"虽然算不上什么事,但挺让我在意的。"

"他的身份还没搞清吗?"

"完全没有。就像是从天上掉下来的。被害人那边也还什么都问不了。"

"明天让我帮你审吧?按说今天就该审的。给你添麻烦了,对不起。"

之后贵子就在座位上写写日志,接接电话。午夜零点过后,鸟岛离开去小睡片刻。刑警办公室里虽然不时有人进出,但总体来说很安静,完全看不出他们正在侦办管下发生的勒索绑架案。被排除在外原来是这样的吗?贵子感到很寂寞。

只要能见上小坂夫人一面,只要能"看到"她的内心……一旦品尝到了寂寞的滋味，这个念头便不断地涌上心头。而每一次，贵子既情绪昂扬地觉得"是我的话，肯定'能看见'"，又对"万一'看不见'，能力也许就会这样逐渐衰退下去"感到恐惧，这两种情绪交替涌现，扰得她心乱如麻。

她蓦然想起傍晚在高田堀公园发现的鸠笛草那淡紫色的花，亦想起了喜欢那花并为其命名的人。要不要去见他一面呢？如果是那个人，说不定能给出什么好建议。等得了空，就马上去见他吧——

因为疲于内心的纠结，虽然时间很短，贵子还是趴在桌上神志迷糊了起来。直到被一声"本田！"惊醒。

美浓田课长和胁田站在刑警办公室的门口。两人的脸色都很难看。贵子慌慌张张地站起来。陡然一转身，只觉得头晕目眩。她身体趔趄了一下，去抓手边的椅背，椅子动得厉害，撞到了桌子，发出一声巨响。

"睡昏头了吗？"胁田严厉地说。

"对不起。"贵子强行挪动不听使唤的腿，跑到他们身旁。

"你马上去趟医院。共立大附属的丰洲医院。知道地方吧？"胁田语速很快，语气几近愠怒。

"知道。不过是什么事？"有人受伤了？

"小坂夫人割腕了。"美浓田课长说。他的两条眉毛都耷拉着，好像在诉说事情的棘手。

"到底怎么回事？"

"别提了。"胁田气急败坏地说，"她和丈夫因为孩子被绑架责任在谁的问题吵了起来。然后她就把自己关进浴室割了腕。本人虽然当即被车送到了医院，但可能伤口较深，需要住院。"

"我明白了。"贵子说着便准备离开刑警办公室。胁田一把扯住她的袖子，拦住了她。

"别自以为是。你明白什么了？现在是要大小姐你准备些夫人住院需要的东西送过去。比如睡衣什么的，肯定需要很多东西吧？毕竟是女人住院嘛。"

"哦……"什么啊，是叫我干这个啊。

"别发出这么蠢的声音。夫人身边虽然有本厅的家伙们跟着，但不知道犯人会在哪里监视，总不能让他们跑腿吧？所以就轮到大小姐你出场了。听好了，装成保姆或亲属过去。送到了就马上回来。要做的就这么多，不要做多余的事。记得换上便服去。"

储物柜里常备着牛仔裤和衬衫，很快就能换好。

"既然是住院需要的东西，那去小坂家拿夫人的随身物品送去不是更好吗？"

"说是不想让人从家里带走任何物品，也不想让任何人从家里出去。"

"……这样啊。"也就是说，这是本厅特搜班的意思咯。

"小坂家有保姆，不过也被禁止外出了。现在这个时间点……"课长看着手表，已经过了凌晨两点，"能买齐需要的东西吗？"

"我会想办法的。"

贵子向更衣室跑去。这算什么事儿啊！不过，这样说不定就能够见到小坂夫人了！

正如课长所说，这个时间点店铺都关门了。所幸贵子的住处离得很近。她飞奔回去，从壁橱里取出洗干净的睡衣、几条毛巾、买来放着没穿过的新内裤，凑齐一套装进纸袋。说起来，小室佐知子昨天也为被抬进医院的贵子做了同样的事。

本厅的刑警知道贵子要来，等候在丰洲医院的夜间接待处。对方是个和鸟岛差不多年纪，但看起来比鸟岛健康得多的大个子刑警。

"真没想到会发生这种事。"他一团和气地对贵子说着，带她前往小坂夫人的病房。夜深人静，除护士站外，所有的灯都熄灭了，两人快步走过昏暗的住院楼走道。

"夫人的伤势如何？"

"伤口好像不是很深，不过人很错乱。我们认为还是将她保护在医院里比较妥当。"大个子刑警缩了缩脖子，"绑架案的搜查中居然发生了这种事，真叫人不知说什么好。"

"夫人的样子打从开始就不对劲。"贵子说,"格外歇斯底里。我觉得她似乎在隐瞒什么。"

大个子刑警的态度还和之前一样亲切,语气也依然温和,但他毫不犹豫地说:"这种多余的话可别对夫人说。会碍事的。"

贵子不由得看着他的脸。这次她明显失算了。

"对不起。"贵子脸颊发烫地喃喃道。她想问的事还有很多,比如之后还收到过犯人的联络吗,和犯人的交涉正在进行吗,小满的平安得到确认了吗,等等,但她问不出口了。

直接侦办此案的本厅刑警们,大概也对小坂夫妇抱有怀疑。这点从刚才美浓田课长的话里也能感觉得到。就连保姆也被禁止外出,说明他们认为不排除内部人士参与绑架或知情的可能。如果不存在这种怀疑,那么像贵子现在做的跑腿工作,只要在严加警备的前提下,由家里人来做就行了。

夫人的病房位于住院楼的南侧,在三间并排的特别单人病房中间。虽然没有挂出名牌,但有一名身着制服的警员在警戒,他看到领着贵子到来的刑警后起身敬礼。贵子点头致意。

大个子刑警轻轻敲了敲门,敦促贵子:"现在护士在里面。你交了东西就出来。"

贵子点点头,走进病房。心脏怦怦跳个不停。

她是个没资格处理这类重大犯罪的辖区刑警,更何况还是新手女刑警。直到此时此刻,她才极为强烈地真切感受到自己对这种身份的厌恶。也因此,她格外渴望使用她的能力,渴望得近乎战栗。孩子似的逆反心理,在贵子内心反复呐喊。看着吧,你们做不到的事,我可以——

我能"看穿"夫人。我能"读取"她的内心。

这间房间说是病房,其实更像酒店套房。一进门看不见床。房间里布置着成对的豪华沙发和玻璃桌,墙上还挂着绘画。地板上铺着地毯,吞没了脚步声。

沙发对面竖着白色的布屏风,床隐在屏风之后。贵子一靠近,站在床脚边的护士便察觉了,向她点头致意。

"我是城南警署的本田。"贵子规矩地端正了姿势,开口道,"我拿来了换洗衣物等随身用品。"

"哎呀太好了,小坂夫人,能换衣服了。"护士说。她是位笑脸圆圆的温柔中年女性。

小坂则子靠着两个叠在一起的枕头,侧身坐在床上。她的左手直到手肘附近,都严实地包着绷带,不过没在输液或输血。看来伤情确实不怎么严重。

她披着一件薄薄的棉质长袍,毛毯一直盖到腰间,因而看不出她实际的体形,但看得出她相当娇小,体格与其说纤瘦,倒不如说像个小孩。她的脸很小,五官精致紧凑。头发及肩,烫着相当繁复的卷,如果每天精心打理,很能彰显优雅,但如果敷衍了事,就只是一头乱发,总之是相当麻烦的发型。

"从哪儿拿来的？"小坂夫人将视线投向贵子手中的纸袋，问道。不知是不是受镇静剂的影响，她说话有些含混不清。

"我也想拿夫人的东西过来，不过目前不能随便靠近府上，十分抱歉。睡衣是我的，"贵子说，"不过一点儿也不旧，也洗干净了。内衣都是新的。"

"不是挺好的吗，小坂夫人。"护士用哄小孩的口吻说，"总之先当住院服凑合着穿嘛。"说着，她冲贵子一笑。

"等商店开门了，再买新的给你。就先借刑警小姐拿来的东西用一用。"

小坂夫人对护士的话和贵子的声音都置若罔闻，只是茫然地看着纸袋。过了一会儿，她颤抖着声音嘟囔道："我想换自己的衣服。我想回家。"

"一时半会儿可不行，你得留院观察呀。"护士说。

"为什么不能拿我的替换衣物来？为什么我老公不来？"

"您先生现在不能离宅。"贵子说。她此前高昂的情绪上，叠加了荒唐离谱的疑惑。这女人怎么回事？这个人，是为如今还在绑匪手里的女儿担心的母亲吗？

"我想让我老公来。"小坂夫人用没受伤的那只手捂着脸，哭了起来，"我想让他待在我身边。我想回家。"

她抽泣着，呼吸急促，翻来覆去地说着同样的话。护士温柔地抚摸她的肩膀，柔声安慰："好了好了，不要哭了。"贵子抱着纸袋，瞠目结舌，直到听见护士小声说"请把替换衣物给我"后，才连忙取出衣物，可是，小坂夫人一把推开了那件简朴的棉质碎花睡衣。

"不要让我穿这种东西！不要别人的。我不穿棉的。"

贵子不禁看向护士的脸。护士只是嘴角挂着微笑。她看上去并不像贵子那般震惊，也不感到意外，而是有些许为难，并饱含同情。

"既然不喜欢，就不要勉强自己穿了。不如稍微休息一会儿。"

"麻烦叫我老公来。我想见他。"

"待会儿我去问问警方。说不定能让他来呢。"

护士试图哄夫人睡下。贵子也伸出了手，"读取"夫人的机会来了。她右手的指尖碰到了夫人的左上臂，就在绷带上面一点儿。

突然之间，她被猛地甩开了。

"不要碰我！"

然而，比起被拒绝所受到的打击，传至贵子内心的东西给她带来的冲击更大，她吃了一惊，呆立当场。夫人的感情迅如闪电，猛烈如鞭，击中了贵子。

那种女人去死吧为什么小满会我想死死了的话小满就父亲说了那种事那种女人竟然是小满的母亲

这是在一刹那的接触下，贵子所捕捉到的言语。听起来既像诅咒，又像孩童的负气话。毫无条理，意思也难以把握。但和言语一同涌入贵子心中的夫人的感情，裹着一层极其晦暗、悲哀的色彩，令贵子觉得仿佛有条潮湿冰冷的毛毯捂在自己头上。

——那种女人？

那种女人竟然是小满的母亲。

小满她，不是小坂夫人亲生的孩子吗？

04

那夜回到警署，贵子得到了三个小时的睡眠。

"你脸色太差了，快去躺着。"在鸟岛的强行劝说下，贵子盖着署里休憩室的薄毛毯，躺了下来，也许确实是累了，她一下子就失去了意识，与其说是睡着了，倒不如说是昏了过去。然而，期间她持续做着零碎且意义不明的梦，等到早上六点半左右醒来后，反而觉得疲劳的程度更深了。

贵子在洗手间洗脸时，小心翼翼地移动手指探查。太阳穴的无知觉部分依然存在。它没有消失——对此，她虽然做好了心理准备，却还是感到异常沮丧。

贵子的身体正固执地向贵子的心表明主张：差不多也该承认了，你面临的麻烦可不是躺一会儿就会消失的。事态或许已经发展到了"比起为没有消失而灰心，更该为没有扩散而安心"的地步——边考虑这种事边吃早饭，贵子食不知味。

至于绑架案的后续进展，就连刑警办公室都没怎么得到情报。胁田和课长都不见踪影，从那之后，贵子也没再收到去帮把手的指令。甚至连大木都没有露面。好在贵子去打探搜查本部的情况时走了运，撞见户崎走了出来。或许是因为获准参与重大案件的侦办而干劲十足，他虽然眼睛充血，却丝毫不见疲态。

"喂，有进展吗？"

看到贵子，户崎毫不掩饰地表现出了优越感，微微昂起下巴。真是个表里如一的男人。

"我不能向局外人透露。"

贵子放低姿态："我没想插手，只是担心而已。我昨晚见到住院的小坂夫人了，她因为过于担忧导致精神有些失常，太可怜了。"

户崎飞快地观察了下四周，然后试探似的看着贵子的脸说："还没动静。"

"那小满的平安确认了吗？"

"不清楚。除了索要一亿日元赎金的电话外，什么新的联系也没有。"

"真是奇怪……"

户崎耸耸肩："我们也很着急。"

贵子无视了户崎用来挑衅的"我们"二字。她更关心自己想问的事。

"我知道问这个很奇怪，不过……小满是独生女对吧？是小坂夫人亲生的吗？"

户崎皱起浓眉："为什么这么问？"

"因为以父母的年纪来说，这孩子太小了。我就想有没有可能是养女？"

"没那回事。是亲生的孩子。说是梦寐以求的独生女。正因为如此，夫人才会精神失常呀。"

"是吗……也是哦。那……你继续加油！"

丢下一脸迷茫的户崎，贵子回到刑警办公室，心不在焉地坐在座位上，内心翻来倒去地琢磨昨晚在小坂夫人心中"读取"到的信息。

那种女人竟然是小满的母亲。

大众普遍认为小满是小坂夫妇的亲生女儿。若果真如此，又该如何解释小坂夫人的"心声"呢？

能不能这么想——首先，与表面相反，小满不是小坂夫妇亲生孩子的前提是成立的。小满是养女。并且，在收养她的时候，小坂夫妇，不，至少小坂则子并不知道小满的生母是什么样的人。如果在收养小满时就已经得知了生母的情况，她也不会时至今日才涌现出"那种女人竟然是小满的母亲"这般情绪来，贵子想。小坂夫人得知小满生母的情况，应该是最近的事。

如果是这样，下一步就可以推测——小满不是小坂夫妇以正当方式收养的女儿。因为在日本，办理收养时不允许隐瞒生母的身份。

这么说，是不正当、见不得光的收养吗？隐瞒生母身份，秘密收养孩子，提交亲子出生申报——这在日本虽然罕见，却并非没有先例。早年间，有位充当中间人的医生被捕，在当时成为轰动一时的社会新闻。

那种女人竟然是小满的母亲。在小满被绑架的非常时期里，这个想法令小坂夫人的脑子乱成一团——想到这里，贵子隐约觉得自己似乎窥见了昨晚来东邦升学补习学校接小满，并与她亲密地手拉手离开的"阿姨"的真实身份。

亲生母亲。生下小满的母亲。而小坂夫人也知道带走小满的是其生母。在听武田麻美说到小满和自称阿姨的女人一起回去了的瞬间，夫人就明白了。

于是她当即就认定是"绑架"而闹了起来，这是否可以证明，就在最近，小坂夫人和小满生母之间曾围绕小满起过争执？争端自然是小满。小满的生母因希望领回女儿而接触了小坂夫妇。不仅如此，先不论她是否向小满本人透露过自己才是亲生母亲一事，总之她已经接近小满，并变得亲密起来了——

然而，小坂夫妇断然拒绝了小满生母的提议。所以，生母为了即刻夺回小满，直接带走了她——

可是，顺着这个猜测推理下去，无法解释赎金电话的问题。如果生母只是为了夺回小满，不应该会打索要赎金的电话才对。

贵子一边信手在桌上的备忘录上记下想法，一边分析。

一，说有赎金电话是在撒谎，实际上根本没有这种电话打过来，会是这种情况吗？小坂夫人为了让警察将此事当作绑架案采取强硬手段侦办而进行了虚假的供述，这种可能性存在吗？关于这一点，接电话的是谁？录音了吗？这些都有必要确认。

二，赎金电话确有其事，小满的生母——虽然不清楚她是单独作案还是有共犯——确实企图从小坂夫妇手上索取赎金。但这样一来，事态就会稍显复杂。根据小满参与的程度不同，设想也有所不同。小满知道"阿姨"是自己的亲生母亲吗，还是毫不知情，单纯只是被骗了？或者，被利用了——

"真有热情啊。"

贵子被鸟岛的声音吓了一跳，从桌上抬起头。鸟岛正越过贵子的肩头，窥探她写在备忘录上的内容。贵子慌忙用手肘遮住。

"你果然还是放不下。"鸟岛微笑着说，"我也是同样的心情。"

"只是随便瞎想。"贵子冲他露出笑容，"派不上用场的。"

鸟岛砰砰地拍着贵子的肩膀，动作如同父亲般亲切。

"给你个忠告。为了成为独当一面的刑警,你要学会被排除在大案之外时该如何自处。不懊恼固然重要,但不忘记也很重要。"

贵子仰视着鸟岛的脸。他则远眺着特搜本部所在的方向。他的手掌触碰着贵子的肩膀,传递过来的东西朦朦胧胧,难以捕捉,但宛如能量,一派光明。就像卷帘铁门后驱动其顺滑运作的强力引擎——虽然没有声音和震动,但能让人切实地意识到它的存在。

"还是昨天那事,我把那个小年轻提出来了。就一个小时,但我还是想试试。能来帮个忙不?"

"当然。"贵子站起身。这时,她再次感到天旋地转。桌上的备忘录瞬间转了一百八十度,又回到原位。

她用手抵住额头,闭着眼睛。鸟岛扶住她的肩膀,竟是意想不到的有力。

"站不住吗?没事吧?"

眩晕感如落潮般退去。贵子睁开眼睛。

"对不起。我没事。"

"昨天也是这种感觉?"

被救护车送走时是如此,昨夜很晚的时候,被胁田和课长叫去时也有同样的眩晕感。当时贵子还以为是自己打了盹儿的缘故,但——

"就是稍微有点儿贫血。"贵子说着从桌前离开,"我近期会去开药的。好了,我们开始吧。"

鸟岛口中那个不吭声的"小年轻",右手缠着层层绷带,吊在肩膀上,他大约是在刺伤被害人时受的伤。除此之外,他看上去很健康。

他是个瘦瘦高高、下巴尖瘦的年轻人。耳朵很大,身材整体上可谓瘦骨嶙峋,以至于贵子冷不丁看到他的瞬间,觉得他酷似一只巨型的蝙蝠。他穿着领口松松垮垮的薄 T 恤和露膝牛仔裤,脚上是一双新的轻便运动鞋,和衣裤相比虽然要好得多,却没有鞋带。牛仔裤的腰身看着相当肥大,原本应该系着皮带。

听说案发后,他在公园里被抓住时,对什么都没有反应,就像是在睁眼睡觉,但他现在的样子已大不相同。贵子和鸟岛一进审讯室,他便转动眼珠看了过来,见到贵子后,微微睁开细细的眼睛,像是在说"啊,新面孔"。

"你好。"贵子向他打招呼,并对坐在边桌前做笔录的警员点头致意。

"咱们稍微转换下心情怎么样?"鸟岛说着,在他的对面坐下,"总盯着我的脸很无聊吧? 这可是我们这里唯一的女刑警哟。她想和你说说话,特地来见你的。"

"早上好,我是本田,鸟岛刑警的后辈。"

贵子故意没有立即落座，而是走近窗户，从窗格间眺望着外面。和昨天一样，晴朗明媚的天空辽阔宽广。强风亦偃旗息鼓，一派恬静祥和的景色，令人想把它裱进画框，装饰在墙上。

"天气真好。"贵子回过头看着年轻人的脸说，"被关在这种地方，很无趣吧！"

年轻人将视线定格在隔开他和鸟岛的桌子上，默不作声。桌上空无一物。烟灰缸、茶杯、铅笔通通没有，唯有偶尔在这里吃外卖时所用的陶瓷海碗底边的痕迹，一圈儿一圈儿断断续续地残留着。年轻人是在数它们吗？

"伤口还疼吗？"

年轻人眨了眨眼睛，轻轻地闭上了。那模样，就像独自在咖啡店里等候迟迟不来的朋友或女友。但他绝不是毫无反应。唯一可以确定的是，他并不像刚被逮捕时他们所担心的那样，不是胁田用手指在脑袋旁转圈所暗示的那种状态。

贵子看看鸟岛。他悠闲地将手抱在肥大的肚子上，靠着椅背，不动声色。

"能告诉我你的名字吗？"贵子说着，慢慢绕到年轻人的身后，"你朋友被刺住院的事，你是知道的吧？他的命保住了，真是太好了。"

年轻人的视线没有丝毫动摇。

"你目睹了对吗，近距离的。后来在公园里，你被我们的警员保护着来到这里。我们是这么想的,关于你朋友被刺一事,你或许知道些什么。如果知道的话,希望你能告诉我们。被警察带走,难免会紧张,不过完全用不着害怕。你能不能放轻松些,配合我们调查呢?"

她观察着年轻人的脸。因为只有一套衣服可穿,他的身上散发出汗味和体味。

"我说,至少让我们通知你家里人,让他们带些替换衣物来怎么样?只有这一件 T 恤,晚上会冷吧。这条牛仔裤也太宽松了……在警署里,皮带、绳子一类的东西都得收走。你还是换上更舒适的衣服比较好哦。全套运动服是最合适的了。"

说着,贵子将双手搭在年轻人的双肩上,就像鸟岛刚刚对自己做的那样,轻轻地拍了拍。

音乐声突如其来地响起。因为太过意外,受惊的贵子紧紧抓住年轻人的肩膀,就这么不动了。这音乐——是古典乐吗?旋律称得上庄严,声音却显得单薄,没有深度。感觉就像是玩具管弦乐团在演奏莫扎特的交响曲。

年轻人使劲动了动肩膀,试图甩开贵子的手。贵子这才回过神,松开了手。鸟岛讶异地看着他们。

"嗯,总之,"贵子一时不知该将手放哪儿,便没有意义地轻轻拍了拍,"今天也让医生看看吧,确认下伤口的情况,绷带也需要换了。有开防止化脓的药吗?"

最后是问鸟岛的。他点点头说:"开了。在按要求服用。医生也诊断过了。"

"那就好。"贵子这回站到了鸟岛身旁,双手轻轻撑在桌上,"等见了医生,顺便问问朋友的病情吧。说不定医生会透露点儿什么呢。"

年轻人依然没有从桌子上挪开视线。虽然不知道鸟岛对贵子抱有什么期待,但就目前的情况看来,贵子似乎连单纯的让年轻人转换心情都没能做到。

对这类嫌疑人进行审讯,也是贵子的初次体验。鸟岛提出让贵子帮忙,也是为了给她体验的机会。贵子很清楚自己必须不负所托,却连接下来该对年轻人说什么都不知道。是该再多扯些和案件无关的话题,还是该强硬地逼讯呢?

焦虑迷茫的心绪针扎般催促着贵子。贵子没有深思熟虑,几乎当即哼出了刚刚在年轻人心中流淌的音乐。

只见年轻人猛地睁大眼睛,人也半站了起来。

鸟岛是老手,别说哼歌,就算贵子当场突然甩年轻人一巴掌,他即便会故作惊讶,也不会真的受惊。但年轻人表现出的惊愕态度也影响到了他。鸟岛也从椅子上支起身子,边桌前的警员同样欠身欲起。

年轻人保持着半站不站的姿势,死死地盯着贵子的脸。贵子在年轻人意欲起身的同时,便条件反射地后退了少许,不再作声,但当她看到年轻人凝视着自己,脸上浮现出明显的冲击后,便再次哼了起来。她一而再、再而三地小声哼着刚才听来的音乐,第三遍结束后,她冲年轻人绽开微笑。

"你喜欢音乐?听过这首曲子吗?"

年轻人仍盯着贵子的脸,慢吞吞地坐了回去。他嘴唇半启,剧烈地眨了好几下眼睛,然后将目光投向鸟岛。

"让这个人,"年轻人的声音,远比体格给人的印象孩子气,"从这里出去。我讨厌这个人。"

他说话了。

在贵子身体深处,心脏疯狂地跳动着。久违的感觉。成功了。我的能力。这是只有我能做到的事。志得意满般地,贵子血液的流动变快了。太阳穴突突地搏动——

她不经意地发现,年轻人裸露的左臂上起满了鸡皮疙瘩。

鸟岛和边桌前的警员迅速地交流了一下眼神,然后慢慢起身:"那,本田,你就先……"

他抓住贵子的手肘,示意她离开审讯室。贵子转身背对着年轻人时,又哼起了那段音乐的一节。这一次,年轻人坐在椅子上一动不动。

一关上刑警办公室的门,鸟岛便迅速转过身问贵子:"那是什么?"

"你指什么?"

"你哼的那段音乐！感觉好像是古典乐？"

贵子的心依然狂跳不止，她的心情好极了。

"是我不知从哪儿听来的音乐。没什么特别的。随口哼哼而已。他反应那么激烈，我也很吃惊。"

"这么说，是你瞎蒙的？"

贵子笑了："当然是。他那个态度是怎么回事？"

"音乐啊……"鸟岛把手放在头上。

"有什么线索吗？"

"不明白。不过，这可是那个小年轻第一次开口，说的还是让我赶你出去，看来是受到了刺激。会和被害人有关吗？"

"要不要调查一下？仓桥被调去绑架案那边了吧。我这就去看看，说不定被害人拥有的 CD 或磁带里有这段音乐。你发现了吗？他都起鸡皮疙瘩了。"

"唔……"

鸟岛抱着胳膊，这时刑警办公室的门开了，有人啪嗒啪嗒地走了进来。一看，是大木。他脸上泛着熬通宵后特有的油光，衬衫的领子皱巴巴的。

"啊，小本。"他大声说，"回来了哦，平安无事！"

贵子和鸟岛异口同声地问："谁啊？"

"这还用说嘛，小满啊。她被放了，自己一个人回了家。"

经过一小时左右的混乱后，大木终于得以喘息，领着贵子出了警署。

"我从昨晚到现在还什么都没吃呢，陪我去荞麦面店吧，我跟你详细说。"

大木吸溜着天妇罗荞麦面，说具体情况是从户崎那儿打听到的。

"听说你去了小坂夫人住的那家医院？据说她失魂落魄的，很可怜。"

"她现在应该能松口气了吧。"

贵子特地放缓语速，说得别有深意。然而，正在为小满的平安归来高兴，又忙着填饱肚子的大木罕见地迟钝，没有察觉到贵子语气中的异样。

"真是太好了。"

"可是，既然小满是自己回来的，就说明没抓到犯人，是吧？她真是被放回来的，还是逃出来的？"

"其实两个都算不上。"大木喝光凉水，"呼"地长出一口气说，"小本，你知道皇家酒店吗？就是在东京城市航空总站的那个。"

"嗯，知道。"从这个街区开车过去，五分钟左右就能到。

"小满一直待在那里。自打从补习学校被接走之后，她就一直待在那个酒店十一楼的套房里。和那个自称阿姨的女人在一起。"

据小满说，她并不认识那名自称阿姨的女性。昨晚对方称自己受小满父亲之托来接她，在皇家酒店开了房间，让她跟着一起去，所以她就照做了。来接她的女性自称是她父亲的下属，名叫远山。

"可是，她不是向武田麻美介绍那名女性是自己的'阿姨'吗？"

"这个嘛，小满承认她对武田老师撒了谎。如果不说是阿姨，武田老师是不会让她回去的，所以故意编了个谎话。小满好像对来接她的女性所自称的身份深信不疑。"

虽然对不住大木，但贵子还是没忍住嘲讽地笑道："怎么可能。哪有父母晚上九点在酒店开房叫孩子过去的！这不合乎常理啊！"

"这个嘛，错在我没按顺序说。"大木笑了，"小本你应该还不知道，小坂一家所住的宝桥的公寓已经相当老旧了，这一年里，要么管道堵了，要么供水箱的水泵出故障，断了好几次水。"

大约一个月前，还在晚饭时段突然断水，花了两天才修好，搞得住户焦头烂额的。

"据说，小坂一家当时就住进了皇家酒店，直到供水恢复为止。因此，昨天去接小满的女性对小满的解释也是家里断水导致暂时用不了水，所以父母在酒店开了房间。"

任职区议员的筱塚诚，原本就是当地的大房产商。小坂则子身为他的女儿，就算是嫁了出去，也不至于会和丈夫、孩子住在那么老旧的公寓里吧？

贵子说出自己的困惑后，大木忍不住笑出了声："小本你和胁田一样，也很在意细节呢。当时，筱塚诚非常反对小坂夫妇的结合。所以，则子夫人最后是离家出走和丈夫一起生活的，就和私奔没什么两样。小满出生后，小坂夫妇和筱塚诚之间的关系有所缓和，但至今仍不算融洽。在经济层面，他们没有得到过则子夫人娘家的任何关照。这就是小坂伊佐夫没有继承筱塚诚的房地产公司，而在别处供职的原因。他倒也算是凭自身的能力出人头地了。听说他们计划近期搬出那个破旧的公寓。"

基于以上缘由，昨晚小满没起任何疑心就去了皇家酒店。到达时父母都不在，同行的女性"远山"告诉小满："你爸爸还在工作，妈妈说要从家里带些替换衣物过来，可能要晚到一会儿。"接着，她用客房服务给小满点了晚餐，说自己还有事要做便离开了房间。

"就在女人离开房间后，小满家接到了索要赎金的电话。"大木说得兴起。

小满说自己吃完晚饭后，就在房间里悠闲地看电视。她丝毫没有产生怀疑，因为爸爸一向回来得晚，妈妈出门前也总是磨磨蹭蹭，是个经常约会迟到的人。

"之后，她累了就睡着了。"大木继续说，"直到今早醒来，发现房间里还是只有自己一个人。她终于感到不对劲，于是打电话回家，没想到是她爸爸接的电话，这让小满也吃了一惊。据本厅的人说，小坂氏让小满留在原地不要动，但小满意识到自己遭到绑架后很害怕，实在坐立难安。所幸她身上有点儿钱，就打车跑回家了。本厅那帮人慌慌张张地往酒店赶，却跟她错过了。他们补交了房费，现在正在勘查现场呢。"

大木抬头看了眼时钟，上午十一点已过。

"说是下午要召开记者见面会。这案子应该已经被报道了。"

贵子摇摇头："在我听来，那套说辞是个精心编造的故事。"

"故事？"

"是啊。绑架犯怎么样了？目的何在？明明索要了一个亿，为什么中途就放弃了小满？"

"疑点确实很多。"大木承认，"虽然还没有公开，但本厅从一开始就认为这并非一起真正的勒索绑架案。"

"什么意思？"

"是故意找碴。"

"来自风亭建设反对派的？"

"不是。实际上，小坂伊佐夫的异性关系有问题。他似乎有个情人，是他的女下属。"

贵子皱起眉头，注视着大木。

　　大木缓缓地点了点头："就因为这件事，大约从半年前起，他们夫妻间的关系变得相当糟糕，甚至还提到了离婚，小坂氏也承认了此事。事实上，小满一被带走，夫人不就割腕了吗？"

　　"也就是说，为了引发夫妻间的矛盾，情人带走小满伪装成绑架，达到目的后就放人了？"

　　"应该是。"

　　"在酒店确认那个自称'远山'的女性的样貌了吗？"

　　"确认了。还制作了模拟画像。不过，叫'远山'的这名女性不是小坂氏公司的职员。也就是说，并非他的情人。可能是共犯吧。但不管怎样，既然知道断水和酒店的事，肯定有相当了解小坂家情况的人参与其中。在我看来，小坂氏本人最为可疑。"

　　"武田麻美可是说过，是小满主动伸手去牵来接自己的女性的。"贵子用指尖叩着桌子，"十一岁的女孩——已经处于相当多愁善感的时期。她理应能察觉到，父母争吵的焦点是父亲的情人。你觉得这样的女孩，面对一个初次见面、还自称是爸爸下属的女性，会突然做出如此亲密的举动来吗？很奇怪呀。"

　　面对如此强势的贵子，大木缩了缩脖子："谁知道小满有没有对自称'远山'的女性表现出亲密的样子。照她本人的说法，因为对方是爸爸公司的人，她觉得必须以礼相待。"

　　"武田麻美看到了。"

　　"只有她一个人而已。更何况，即使她说看来很亲密，也是带有主观倾向的。"

"这种事有什么主观不主观的！"贵子站起身，放回椅子，"我这就去见武田麻美。这样下去，她会被当成骗子的。"

"冷静点儿，小本，你怎么怪怪的。为什么这么当真？"

"你给我听好了，武田麻美在小满被人带走后不久，就被小坂夫人恐吓了，说一旦出事都是她的责任，要起诉她，甚至还搬出自己的父亲是议员来吓唬她。所以武田老师才会害怕得瑟瑟发抖。在那种状态下，她会信口胡说吗？我认为她说的是真话，撒谎的是小坂满——至少，没有说出实情。"

大木飞快地看了看周围。贵子的声音很高，以至于邻桌的客人吃惊地看了过来。

"声音太大啦，小本。"

不知是不是太激动了，贵子的头晕乎乎的。她一口气喝光凉水，"呼"地喘了口气。

"总之，小坂满的案子净是疑点，我想见见她本人。"

"她现在还被本厅那帮人团团围着呢。案情听取还没……"

倏忽之间，大木的声音远去了。地板猛地抬升起来。惊惧之下，贵子用手死死抠住桌边。

就像是冷不丁被狠狠揍了一下似的，太阳穴——那个无知觉部分所在的头部左侧蹿过一阵剧痛。眼睑之中，画面碎成无数的光点，紧接着，眼前像有闪光灯闪过，变得一片雪白。

贵子身子前倾，膝盖撞在桌脚上，声音很大。然而她不觉得痛。没有感觉。有的只是充满白色闪光的视野，越来越剧烈的头疼，以及身体战栗着渐渐失去控制的感觉——

"小本！"

等回过神来，贵子发现自己已被大木抱在怀中。她几乎扒在他身上，跪倒在地，手足麻痹，连嘴巴也难以张开。

"振作些！谁帮忙叫下救护车！"大木扭头大叫。店内的客人乱作一团。

贵子移动麻痹的手拍了拍大木的胸口，拼尽全力摇着头，发出声音："不用，不用。"

"瞎说什么，必须去医院！"

"不用，还不如回家。"

不想在这种地方被人围观。不想让别人知道。再也不想被当成异类了。

"别犯傻了——"

"求求你，我想回家。送我回家。"

贵子试图靠自身的力量站起来。绵软的腿脚像浸湿的垃圾袋般沉重。一只鞋子脱落了。

"求、求求你。"

颤抖着嘴唇说出这句话的同时，贵子感到面颊上温温的。

是眼泪。啊，我……哭了。

"带我回家。求你了，我不、不想去医院。"

贵子的房间在四层公寓的二楼。大木是将几乎无法自行行走的贵子背回家的。在回家的路上，剧烈的头疼慢慢缓解了，然而麻痹的手脚仍没有好转，就连从包里拿出钥匙都做不到，只能让大木帮忙开门。

就像处理易碎品般，大木小心翼翼地在沙发上放下贵子。终于到家的安心感令贵子的眼泪再次涌了上来。

"谢谢你。"

大木跪在近旁，屈着高大的身躯凑近观察贵子的脸。

"已经没事了。我好多了。"

"一点儿都没好。"大木低声说，"哪儿好了？"

"我会去医院的。"贵子抬起沉重的手臂，用手抹了把脸，"我保证。我会去好好看病的。所以，眼下这事请你帮我保密。不要跟任何人提……"

"小本——"

"我会打电话到署里请假休息一天。好吗，就这样行吗？"

"可能是重病啊，你真的会去医院？"

"嗯，会去的。"

"那现在就去。只要瞒着署里就行了吧？不闹出动静就行。

我带你去。"

贵子摇着头。头只要一动，还是会疼。眼里满是光点。

"现在不行，过一会儿。"

"为什么啊？瞎胡闹！"

"胡闹也好什么也好就随我吧。大木你也赶紧回署里去，不是还有很多事要做吗？"

可大木没有动。他看起来既懊恼又气愤，紧紧地攥着硕大的拳头。

"对不起。"贵子小声说，她内心的歉意令她说出了下一句话，"可是，我知道自己为什么会变成这样。"

"……什么？"

"我知道自己哪儿出问题了。"

我正在变衰弱。那个能力正在衰退。掌控那个能力的大脑的某个部分正在坏死。大概如此。一定如此。我一直在害怕，害怕这样的遭遇可能会到来。

"既然你知道……"

"就算让医生看，也看不出什么来。我很清楚。"

"怎么会有那种事。"

"有的。"贵子努力露出微笑，"大木，手给我一下。"

贵子竭力握紧他伸出的手。

什么也没有"看到"。比空白更甚，如同被切断电源的电视机，如同没有装电池的收音机，如同收不到电波的天线。就连触碰大木时总能感受到的那圆滑明朗的感觉也没有传递过来。更别提他现在理应会有的担心、混乱，以及对一意孤行的贵子的愤怒。

现在似乎只能通过观察大木的表情、聆听他的声音来感知他的情绪了。我已经变成了普通人。开关断开了吗？断路器跳闸了吗？啊，这下真的要结束了吗？贵子想。出局。终结。就这样？从她低垂着的脸上，眼泪扑簌簌地滚落，滴在大木裤子的膝盖部位。

大木看着贵子和她的眼泪，脸上的神情酷似被痛打的狗。他的眼睛也变红了。是熬夜的缘故吧，贵子想，总不至于要哭吧……

大木伸出手臂，将贵子拥在怀中。他的颤抖连贵子也感受得到。长出稀疏胡茬的下巴抵着贵子的脸颊，扎扎的。

"到底是什么啊，小本？"大木的声音颤抖着，"你在隐瞒什么？到底怎么回事？你究竟怎么了？"

对不起。贵子又想道歉，心绪却无法化为语言。泪水不断涌出，她抽泣着将头埋在大木肩上，有气无力地哭着。

"听话，去医院吧。给医生看了之后一定会好起来的。"大木温柔地摇晃着贵子的身体，对她说，"如果有不能说的理由，那就什么都别说。但是，求你了，去给医生看看吧。我希望小本健康地活着，不想你死啊。"

"……不会死的。"

"你现在就是一副快要死掉的样子，你知道吗？喂！"

大木观察着贵子的脸色说。比起贵子，他的眼神更显惊惧。

他是回忆起了过去，贵子想，回忆起了痛失未婚妻的往昔。对大木来说，失去身边人的恐惧，或许更甚于他对自身死亡的恐惧。

"一天之内屡次晕倒，脸色像幽灵一样惨白。小本，你看上去就像快要死了。"

"都说了不会死！"贵子说。虽然没有确凿的证据，但自己的内心是这么告诉她的。

失去能力之时，身体会发生什么，对贵子而言完全是未知数。那个人——命名鸠笛草的那个人也对此一无所知。两人讨论过，却没有得出结论。

说不定，真的会死。可能会脑死亡，无法动弹。是啊，期待着会有"即使失去了能力，也只是变回普通人，之后还能过完全正常的生活"这样自私的事发生，一定是错的。正因如此，这眩晕、麻痹和头疼才会存在。

就算这样——

"不会死的。"贵子再次喃喃。若能就此睡去就好了，她想。一旦闭上眼睛，似乎很快就能睡着。待在大木的臂弯里，是如此温暖。

大木用嘶哑的声音说:"不要让我成为心爱的女人都死掉的可怜男人啊……"

是吗……是这样吗……可是,我从来没有在你的心中看到过那样的情感啊……

贵子极虚弱地笑了笑,闭上了眼睛。就这样,她宛若沉入水中的小石子,陷入了睡眠之中。

05

远远地传来了人声。

光线很暗。暗,且有些许寒冷。贵子动动身子,裹在身上的毛毯便滑开了,肩膀露了出来。

贵子眨眨眼睛。她躺在自己房间的床上。窗户上拉着窗帘,灯也关着。人声来自紧闭的门外,来自那间小小的带开放式厨房的客厅。

贵子坐起身,试着将脚放在地板上。她发现自己只穿着内衣,难怪会冷。

我醒过来了……

还活着。没有就那样死去。没有永眠不醒。不知为什么,贵子事不关己般淡漠。

她抬起手，摸了摸太阳穴。触感异常。脸像是肿了起来。然而，当用指尖慢慢探触之后，她意识到自己并非是脸肿了，而是无知觉的部分扩大了，导致指尖传来的触感好似浮肿一般。

无知觉的、皮肤像是坏死了的部分，已经从额头扩大到了太阳穴、面颊和下巴尖，覆盖了几乎整个左脸。左边头部也好像肿胀着。

加重了……不，说恶化恐怕更贴切。很明显，这个现象和贵子能力的衰退及身体的异常有着极为密切的关系。

客厅里仍有人声传来。因为头脑已经清醒，贵子无须用心倾听，也能判断出人声来自电视机。有人在客厅里，电视开着。听着像新闻节目。

这时门铃响起。先是推动椅子的声音，接着是穿拖鞋的脚步声，客厅里的那个人走向玄关。房间很狭小，很快就听到了开门声。

"我来迟了，抱歉。"

是大木的声音。接着，又响起了小室佐知子的声音。

"没事没事，我不要紧。只是，你不在署里行吗？"

"今晚想办法溜出来了。"

两人走回客厅，都压低了声音说话。

"她怎么样？"

"一直在睡。我来后没多久，连巨响的鼾声也停止了。"

"真是帮了大忙。每次都麻烦你。"

"这有什么。不要在意。"佐知子温和地说,"小本只要拿定主意就不会再听劝了。大木你也不容易。"

现在到底几点了。贵子看了眼枕边的闹钟,晚上七点多。她昏睡了半日之久。

看来,在贵子睡着后,不知所措的大木再次向小室佐知子求援了。等佐知子赶来后,大木将贵子托付给她,自己则返回了警署。现在他又回来了。

他听从了贵子的恳求,没带她去看医生,这一点得感谢他。

"那我差不多也该……"

"真是抱歉。"

"你要好好说说小本。身体才是最重要的。不知她是不是还在睡……"

贵子察觉到佐知子向卧室走来,慌忙钻回床上。她刚盖好毛毯,门就开了。

"还在睡呢。"佐知子小声说,"粥熬好放着了,到时候让她吃哦。"

"有劳了,感激不尽。"

卧室的门关上了,贵子从毛毯里探出头来。

"署里现在也人仰马翻的,你也累了吧?"

"不算什么。处理绑架案本来就是这样。"

"哎，那就好。"佐知子笑了一声，"总觉得这案子怪怪的。结果记者会不是也没开吗。我听到点儿风声说这是场骗局，是真的吗？"

"还没有定论。"

"也是，毕竟不是能随便聊的事。那，我就先走了。有什么事尽管联系我。"

大木再三感谢了佐知子，送走她后回到客厅，坐在椅子上。能听见他发出大象般沉重的叹息。

贵子习惯将睡衣叠好放在枕下。她伸手一摸，放得好好的。她急忙换上，又在睡衣外面披了件薄长袍，仔细系好腰带，悄然打开卧室的房门。

大木托着腮坐在客厅的桌前。他还穿着白天那身衣服，外套的下摆皱巴巴的。他没有立刻察觉到贵子的存在，一脸疲倦地看着半空发呆。

"对不起。"

听到贵子的声音，大木惊得差点儿蹦起来。贵子赶紧来到桌前，阻止了想要起身的大木，并慢慢坐了下来。

"你起来活动没问题吗？"

"嗯。感觉好多了。是不是又麻烦小室前辈了。"

"你听到了？"

"嗯，我醒了有一会儿了。"

大木难为情地看着她："我太不中用了，老是得依靠她。说真的，我也希望能一直守在这里……"

"那是不可能的。"贵子深深低头行礼，"给你添麻烦了，万分抱歉。"

"别这样。我图的不是感谢，只是担心小本你的身体。小室也是。"

大木看起来既生气、受伤，又悲伤。贵子和他近在咫尺，但气氛尴尬，就像两人经历过激烈的争吵，既不知道该说什么，又不知道视线该放哪儿。

从音量开得很小的电视机里，模糊地传来了播报新闻的声音。贵子注视着画面中年轻的女主播，她正用明朗的表情播报今日体育新闻的结果和过程。她看上去非常健康，人生无忧无虑。

"我替你提交了休假申请。"大木依然没看贵子，低声说，"我说你还是不太舒服，直接去医院了，课长听了很担心。阿鸟也说，如果要住院，他会介绍好医生给你。"

"谢谢。"

"我个人还是希望小本去医院，不过，要是你实在不愿意，那回老家住段时间怎么样？"

看来大木也考虑了很多。他结结巴巴地努力说着，却始终低垂着视线，不去看贵子。

"我会考虑的。"贵子窥探着大木的脸,"大木,你看着我。"

大木向她转过脸来。他的眼神可真像对磨人的小孩束手无策,最后一起哭出来的年轻母亲啊——贵子想。与此同时,对大木的温情涌上心头,险些将她压倒。

"对不起。"她呢喃着,喉咙变得嘶哑。

突然,她无限地羡慕起刚刚还在这里的小室佐知子来。温柔、刚强的佐知子。值得收获幸福的佐知子。就算是贵子,应该也能像她那样稳定安然地生活,一定可以的。只要没有这麻烦的——迄今虽然一直在帮助贵子,但现在只剩下麻烦,而且越来越麻烦的能力的话。

"别哭啊。"大木怯怯地说,"要哭的话,也要先好好看过医生再说。你说知道自己的问题出在哪里是骗我的吧?如果你有事瞒着我,我不会再勉强你说的。"

"我没哭。"贵子摇摇头,用手指擦拭着发热的眼角,"大木,你看着我的脸。不觉得奇怪吗?"

"我从来不觉得小本的脸有什么奇怪的!"

"不是那个意思啊。你仔细看看。"贵子用手指指着左脸,"这半边,不奇怪吗?即使笑,眼角和嘴角都难以动弹,不是吗?"

大木严肃起来,凑近了全神贯注地观察贵子的脸。贵子试着在脸上做出表情。

"好像……是的。"

"左脸没有感觉。"贵子下定决心说了出来,"从昨晚开始的。那时没有感觉的还只有左边太阳穴附近而已。"

大木眼神飘忽:"这是怎么回事?"

贵子伸出手,握住他的。大木虽然吃了一惊,却没有抽回手。

感觉不到任何清晰鲜明的东西。只有微弱的——那股明朗的感觉传来,仿佛是透过远远照来的台灯的光亮看着一般。这是在即将燃尽的电线上勉强流过的微弱电流。很快,连它也会消失。

逐渐衰退的能力。

贵子尽可能平静地说:"不要惊讶,不要否定,也不要说'怎么可能有这种蠢事',听我说完好吗?我全都告诉你。"

因为是从最初察觉到能力存在的孩童时代说起,全部说完用掉了两个多小时。其间,大木一动不动地倾听着,只在中途贵子因口干而声音沙哑时,起身去为她倒了杯水,之后便没再离开过椅子。

语终话毕,贵子长出了口气,感到自己仿佛卸下了长久背负的重担。虽然这只不过是错觉,重担仍不得不背负在身,说不定还比对大木倾诉之前更沉重了,但即使如此,她在当下也感到如释重负。

大木没有马上说话。他站起身,这次是为自己倒了杯水,一饮而尽,然后慢慢地转过身来。

"小本的父母知道这事吗？"

真不愧是孝顺的大木会说的话。以前偶然间"读到"大木时，曾发现他正呆呆地想着"就快是老妈的生日了……"。听说大木生在九州，家业由兄嫂继承，父母都还健在。

贵子点点头："知道。倒不如说，是妈妈最先意识到的。我自己在小的时候，并不明白自己做的事就是所谓的'透视'。"

"也是。"大木像是吞咽着什么难以下咽的东西似的，喉咙里"咕嘟"响了一声，"这就是天眼通吧。"

"好过时的说法。"贵子笑了笑。笑过之后，心情轻松了一些。

"你妈妈没叮嘱过你，这能力少用为好吗？"

"有啊。可我就是能做到啊。所以我训练自己去控制它，并牢记要绝口不提。"

"不知说运用自如是否准确——就是既能看透人心，又不会令事情变糟，小本能够控制这种能力是在什么时候？"

"十五六岁吧。"

"竟然花了那么久……"

"也就是在那个时候，我下定决心，长大后，一定要从事能令我的能力发挥作用的工作。"

"所以就做了警察？"

"嗯。可有用了！"

"小本是名优秀的警察。"

"那是因为我拥有这个能力。"

大木欲言又止。

在他沉默期间，贵子继续说了下去："大木，我啊，并不觉得自己拥有的能力有多特别。不，应该说虽然特别，但我认为我所拥有的能力，充其量不过是能够使用一般人没有使用——使用不了的那部分大脑。所以，我不认为它异乎寻常。"

"这可是超能力啊……"

"是吗？今后随着大脑研究不断进步，这种情况应该能够得到充分的解释吧。说不定就在不久的将来。"

大木困惑地晃了晃脑袋，用大手擦了擦脸。

"所以，按这个思路，我认为我的能力迟早会衰退。就像老花眼、上年纪后的耳背，以及肌肉力量减弱后无法进行激烈的运动一样。另外我想，视力和运动能力的衰退过程通常是缓慢的，但我的能力因为极其强大，所以衰退时也会格外迅猛。"

大木凝视着贵子的脸。

"但问题是，我……身为刑警的我，完全仰仗着这能力。一旦失去了它，我比刚入行的女警还派不上用场。"

"怎么可能有这种蠢事。你的想法过于极端了。小本你不也实实在在地积累了经验……"

贵子用力摇着头："没有积累。我什么也没有做，只是使用了能力而已。一旦失去能力，我什么都不是！"

"不要这么想。"大木提高音量说，"我不这么认为。阿鸟和胁田肯定也会这么说。"

"那种话只不过是安慰。"贵子越说越痛苦，她感到自己的声音都在颤抖，"一旦学会了使用工具，就再也无法赤手空拳地战斗了，不是吗？同理，失去了这个使用方便的能力，我就什么也做不了。虽然很可悲，但我的毅力和才能都不够格。"

"你不去试试看又怎么会知道？"

"光是尝试一下，就能做到吗？"贵子追问似的抬头看着大木，"你看看现在的我，就是一个病人。掌控我能力的大脑的某个部分，一定是磨损了、耗尽了、濒死了。所以我才会眩晕，才会摔倒，才会失去知觉。就在头的左侧。就在脑内的某个地方，有一部分大脑的运作原理尚不明朗。人类既不知道它的位置，也对其存在一无所知，当然也就不会知道治疗的方法。所以我才说去医院没用，治不好的。而且也完全不知道，当这能力消失时，当产生它的那部分大脑坏死时，对我的身体又会造成怎样的影响。或许我会死，也可能会半身不遂。到底会出现什么后果，根本就无法预知。"

大木被贵子的语气压制，不知所措地眨着眼睛，寻找适当的语言。可当贵子因呼吸困难而停下来时，他便小心地试探道："小本，这件事，你迄今从没对家人以外的人说过吗？关于能力，你从没找人商量过吗？刚刚的话，都是你独自思考得出的结论吗?"

即使到了现在,贵子还是会略感诧异。大木完全是用刑警的方式思考的。

她微笑着说:"我要对大木你刮目相看了。"

"果然! 你和其他人说过吧?"

"只有一个人。"

"怎样的家伙? 医生? 科学家?"

"我们认识的时候,那个人在酒店工作。东京中心的超一流酒店。他是那儿的经理。"

"男的?"

"是的。相识的经过没什么大不了的。我给那人开了张违规停车的罚单。"

"那是你还在交通课的时候咯?"

"嗯。距我们最后一次见面已经过去一年多了。那时,我们谈过假如能力没有了会怎样。"

大木的语气起了微妙的变化:"你和那家伙交往过?"

贵子哑然失笑:"他比我要年长二十岁,有位美丽的夫人,还有个已经上大学了的儿子。"

"这样啊。"大木嘟囔着,像是松了口气。

"不过,我们是相会过几次。为了谈论同伴之间才有的话题。就像大木你说的,天眼通同伴间的话题。"

直至今日，贵子仍记得清清楚楚。收到自己出具的罚单时，他的——那个人的脸上露出了不加修饰的讶异，好像在说"寻觅多时的东西竟会出现在这种地方"。贵子也吃惊不已。短短一瞬的指尖触碰，得到了预想不到的反应——贵子在"读取"对方的同时，感到自己也被对方"读取"了。

那时，那个人说：你也是？

贵子没能当即回答。于是他笑了。

不震惊是不可能的，我也很吃惊。不过无须恐惧。你不是一个人，我也不是一个人。

不是一个人，还有其他人。冷静想想，这种可能性是存在的。

本田贵子小姐是吧。通常被人叫作小本。儿时养过一只叫小白的狗。你和爸爸一起建的狗屋漏水很严重，对吧？

全中。而贵子对他的"读取"也是正确的。他之所以违规停车，是因为工作上有急事不得不联络，可车载电话的状况不好，他正一门心思地寻找公用电话。

答对了。

他递给贵子一张名片，说如果她愿意，请务必去找他。

违规停车的罚金，我一分都不会少交的。

在去见他前，贵子纠结了一周左右，迟迟下不了决心。尽管如此，她无法对有生以来初次遇见的"同伴"的存在视而不见，最终还是迈出了这一步。她从未那样紧张过。

"你们见了几次？"不知是不是介意，大木顾虑重重地问。

贵子微笑道："三年期间见了四五次吧。他很忙。但我还是很高兴，也受到了鼓舞。那个人可是从酒店的行李员做到经理的。他说能力帮了大忙，还说我也选择了能够活用能力的职业，非常明智。他连和夫人的恋爱是怎么开始的都告诉我了。恋爱后，该如何对对方使用或遏制能力，以及这方面的辛苦，他都直言不讳。"

一年前，那个人被委任去北海道经营某家新开的度假酒店，离开了东京——那之后，贵子再也没有见过他。虽然知道联系方式，但毕竟山遥水远，时间一天天地过去了，她始终未能前去拜访他。

贵子曾觉得也没有必要特意去拜访他。她已经可以独当一面，生活渐渐忙碌起来，对能力的使用也趋于熟练……

然而如今，能力衰退了。无情地、急剧地衰退了。所以她才会频频想起那个人。在他离开东京前，他们见了最后一面，当时他们就曾深入讨论过这个能力的不可思议之处、它究竟从何而来，以及它若消失会怎样。

因为我一直没出问题，所以本田小姐的能力在到我这个年龄之前，应该也会运作良好，不会消失的。他说，我会怎么样就不知道了。

能力消失了会怎样，你以前想过吗？

想过啊，偶尔会想。

不害怕吗？

害怕啊。更何况，我是凭借这能力来立身处世的。一旦能力没了——可能就活不下去了。因为我已经习惯了依赖它。

那个人笑着说："但愿那样的时刻永远不要到来。"

"死心眼。"大木冷不丁嘟囔了一句。

"咦？"

"我说死心眼。就拿那个人来说吧，他原本就是能干又努力的人——可能再加上一点点的运气——所以才会从行李员做到经理，而不仅仅是因为拥有透视能力。他是杞人忧天。小本你也一样。"

贵子什么也没说。即使说了，大木怕是也不会明白。他不会明白我和那个人——拥有这个能力的人，是如何依赖着这能力活下来的。

"我有一个请求。"

"是我能办到的吗？如果是让我带你去北海道，那得请假。"

贵子笑了："不是啦。是关于绑架案。不是说记者见面会中止了吗。难道本厅也认为可能是场骗局？"

大木皱起眉："你听到了？"

贵子向他说明自己从小坂夫人和武田麻美内心"读取"到的内容，以及昨天的种种推测。

"小满不是亲生的……？"

"嗯。这么一想，总觉得能看清这案子里搞不清楚的部分了。"

"那你想拜托我什么？"

"让我见见小满。如果这个做不到，就让我进她待过的皇家酒店房间。说不定能读取到什么。在我——完全不中用之前。"

"不会不中用的。"大木反驳道，"现在与其牵扯进那种案子里，还不如让身体休息——"

"我正在休假哦。"贵子滑下椅子，走向卧室，她记得应该有刚从洗衣店取回的衬衫，"想做什么是我的自由，对吧？"

在变得不中用之前，在能力消失之前，更重要的是，趁身体还能动，至少要设法为小坂满的案子做点儿什么。即使只是为了自我满足。即使只是想要尽可能地使用这能力。即使只是为了满足不想放手的执念。

大木本来没动。见贵子开始换衣服，他呻吟了一声："饶了我吧。"

"我没法让你见到小满。我们辖区警署没这个权限……"

贵子穿上长筒袜。

大木叹了口气："皇家酒店的房间倒是可以想想办法。"

"多谢。"

又是一阵晃动的眩晕感，但贵子强忍着，露出微笑。

现场勘查已经结束了,虽然绑架案的搜查本部已允许酒店自由使用房间,但皇家酒店方面似乎存有顾忌,仍然空着那间客房。当大木提出想进去做点儿调查时,酒店方没有任何反对就借出了钥匙。

这间套房以淡红色和苔绿色为基调,室内装潢很雅致。即将踏入房中时,贵子感到自己紧张得手心里全是汗。

门把手是被很多人摸过的地方。在敏感度逐渐迟钝的贵子的天线上,只接收到了难以捕捉的熙熙攘攘的感觉。

踏入房间。墙壁。桌子。落地灯。大扶手椅。

贵子在房中四处走动,同时伸着手,闭上眼睛,平复心绪,绷紧神经,希冀能够接收到自己所能感知的一切,无论它是什么。

大木和贵子保持着少许距离,双手插在西装口袋里,观望般微微缩着脖子,注视着贵子的一举一动。

偶尔,像电池即将耗尽的收音机断断续续地接收到声音似的,言语的碎片、人的身影以及种种影影绰绰的气息,会翩然飘进贵子的脑中,宛如被风吹入窗内的落叶。然而,仅此而已,散沙难聚。

正在消亡。正在衰退。此等情况迄今从未有过。而且,当贵子在房中徘徊时,眩晕数次袭来。所幸没有严重到无法站立的程度，尚能不令大木察觉地掩饰过去，然而她自己的不安却更甚了。胃像是被举着，令她恶心得想吐，贵子好几次都差点儿哭出来。

求你了，求你了。如果要如此急剧地衰退，那至少让我最后再工作一回吧——她在心里拼命地乞求着。是因为我曾过度地使用，能力才会如此迅速地消退吗？是我不知珍惜、任意乱用的缘故吗？如果这是报应，我甘愿承受。所以，只要最后再一次——

"小本，你没事吧？"

就在那一刻。当手碰到小满睡过的床上的枕头时，贵子眼中浮现出了少女的面容，宛如剪影般鲜明。少女带着哭腔的声音在贵子耳边响起。

母亲，停手吧。

是小坂满的声音。她的脸也和在照片中见到的一样，比实际年龄成熟一些。将来，她定会出落成大美人的。那双细长而清秀的眼睛里噙满了泪水——

我虽然也想和母亲一起生活，可就算不做这种事……

贵子紧紧地抓住枕头。是这里。就在这里，小坂满曾和她的"母亲"在一起。是昨晚的事。小坂满正在阻止想要做某事——做"这种事"的"母亲"。

"大木。"

"什么？"

"你知道小满是怎么称呼父母的吗？"

大木扭了扭脖子："我想想……好像是爸爸妈妈。"

贵子缓缓地点点头。"母亲"，不是小坂夫人。

我虽然也想和母亲一起生活……

没错。

大木站在套房门口注视着贵子。贵子仍将手放在枕头上，对他说："大木，小满果然不是小坂夫妇的亲生女儿。虽然申报为亲子关系，但其实不是。她是养女。带她来这里共度一晚的'阿姨'才是她的生母。你能在这一前提下展开调查吗？能不着痕迹地进行吗？能巧妙地传达给本厅的人吗？"

大木隔了好久才终于回答："我试试看。"

贵子脚下打晃，便坐在了床上。她无意间将手放在床头柜上，于是又传来了另一个画面。

是手表。有着古朴的银制表带、显示罗马数字的手表。设计相当罕见。一定是小满生母的手表。看来，昨晚她曾将其取下放在床头柜上。

"小满的生母有一块漂亮的手表。"

她将手表的设计告诉大木，大木记在备忘录上。之后他们又逗留了三十分钟左右，但再也没"看到""读到"其他东西，贵子的能力衰退得厉害。

"也许根本帮不上忙。"

在回程的出租车上，贵子刚自嘲地嘀咕了一句，大木便面有怒色地说："如果你这么软弱，倒不如一开始就什么都别做。"

"也是。对不起。"

大木小声说："我也是，对不起。"

贵子无法靠自己的力量回家，所以还是得由大木送回来。明明光靠自己连路都走不了，贵子却说个不停。说自己负责的案子。说另一个能力者——那个人的事。

"对了，昨晚去高田堀公园时，我看到鸠笛草了。"

"鸠笛草？"

"我不知道它真正的名字，因为是野草。但我觉得是龙胆的同类。它的花是淡紫色的，很好看。因为形状像鸠笛，所以就这么叫了。"

是那个人取的名字。

"那个人说他喜欢鸠笛草，因为很像他自己。"

"哪有像花的男人！"

贵子笑了。对了，那时候，在自己当时居住的公寓旁，她和那个人在河川占用地里散步。那儿就盛开着鸠笛草。

"鸠笛草啊，可是会唱歌的哦。"

"花会唱歌？"

"嗯。在刮大风的夜里或清晨。也许只是风吹过花瓣发出的声音，但确实是唱着歌。巧的是，连声音也酷似鸠笛。我也只听见过一次。"

那个人指着鸠笛草，说它就像他——就像他们这样拥有着不可思议能力的人。

"会唱歌的花，在花里不也是异类吗？所以，它藏匿自己，只在清晨和深夜隐秘地歌唱。但是，那个人曾说，鸠笛草一定很喜欢唱歌。虽然它只是朴素的花，毫不起眼、默默无闻，但肯定享受着自己能够歌唱这件事。"

所以，哪怕是花，一旦无法歌唱，也是会悲伤的吧——他说。

"而且，鸠笛草的寿命很短。"

"我下次去看看。"大木说，"小本。"

"什么事？"

"我很担心你，要不今晚我就住下吧？"

"没有被褥哦。"

"我就睡在地板上。"

"大木。"

"干吗？"

"今天白天，你在这儿对我说的话，是真心的？"

大木短暂地沉默了。他背对着贵子，点燃燃气灶。

"小室煮了粥，稍微吃点儿。"

"我说，大木！"

贵子晃晃悠悠的，即使坐在床上，身体都差点儿歪倒下来。但她还是勉强抬着头，看着大木的背影。

"我怎么会拿那种事说谎。"大木仍背对着她，"但是，小本要是不好起来，我会痛苦得再也说不出那样的话来。"

大木说的那句话是，再也不想让心爱的女人死去了。

"住下来吧。"贵子说。

06

贵子的休假从三天延至四天，从四天延至一周，再从一周拖到了半个月。随着身体情况越来越糟，她每天都要和眩晕、呕吐感做斗争。左脸上无知觉的部分虽然没有变化，但偶尔手脚也会出现轻微的麻痹。虽不至于动弹不得，但严重的时候，连咖啡杯都端不了。

宛如从坡道上滚落，能力的下降仍在继续。什么都捕捉不到的时候变多了，就算微弱地感觉到了什么，也会立刻被反作用般的剧烈头痛袭击。

就要结束了——贵子躺在床上，透过窗户看着一晦一明的天空，对自己说。能力在消失。那一部分正在死去。

说不定，生命也会就此终结。不过，若是没了能力，对贵子而言，本就等于失去了活着的意义，所以不也挺好的吗？

大木每天都来，佐知子也时常来探望，帮着照料一下。但她对本该劝说贵子的大木临阵倒戈，也坚持不去看医生的行为非常恼火。

贵子开始考虑要不要辞职返乡。总不能一直受大木和佐知子的照顾，在对今后的惶然无知中虚度光阴吧。能力消失的贵子——不管到时会是什么状态——在情况稳定下来之前，可能还是待在老家悄悄地休养生息为好。

她打电话回家，是妈妈接的。话说到一半，妈妈倒先哭了出来。

"回来吧。"妈妈说，"一定会好起来的。那种麻烦的能力，没就没了……"

"我送你回去。静冈对吧？我租辆车载你回去。"

"我可能再也无法回到东京了。"

"所以才要送你啊。我也想见见小本的父母。"大木干脆地说，表情因为害羞而显得气恼，"反正你一个人也回不去。"

贵子有点儿想哭："大木，要不要去静冈做警察？"

"那也不错，可以悠闲度日了。"

"你把那儿当乡下小瞧了吧。"

大木蓦地看着贵子的脸:"对了……小本你啊,等身体康复了,也可以在静冈当警察。"

"就算身体康复,那个能力没了也是白搭。"

"没那回……"大木欲言又止,微微叹了口气。

"怎么了?"

"你还记得阿鸟负责的那个沉默的嫌疑人吗?"

"嗯,记得。"

"那家伙,在小本你昏倒的第二天就招了。"

贵子想起了触摸他时曾听到的那段有趣的音乐,欢快却没有什么深度。

"那家伙和被害人是通过网络通信结交的朋友。两人都是大学中途退学的,一边打工一边闲散度日。这其实也没什么,但被害人花言巧语说要合开软件公司,骗走了嫌疑人身上仅有的五十万日元,所以嫌疑人一怒之下刺伤了对方。"

据说,虽然被抓到时满手是血,但他觉得自己只要什么都不说,未必不能全身而退,所以下定决心缄默到底。

"他说,为了不对任何搭话和询问做出反应,他拼命地转移注意力,就连阿鸟服用的药物的标签都尝试着读了个遍,终于想无可想,最后在脑中回溯记忆,玩起了红白机游戏。阿鸟听了可惊讶了。"

他在脑中再现着喜欢的角色扮演游戏,并将注意力集中在打游戏上,以屏蔽来自外界的所有言语。贵子"听见"的,就是游戏里的音乐。

"他之所以有心开口,是因为你看穿了他心里的那段音乐。"

"我?"

"嗯,他说,当那个女刑警哼出音乐时,他感到毛骨悚然,觉得在警察面前,什么都隐瞒不了。"

"真是单纯啊。"

"阿鸟说,这多亏了小本。"

"不是我,是我能力的伎俩。"

已渐渐走向消亡的那个能力的伎俩。

"我就知道你会这么说。不告诉你就好了。"

小本就是小本,就算失去了能力也依然是小本,大木低喃着。贵子没有回答。

四月也进入了下旬,鸟岛和仓桥结伴来看望贵子。他们说是在工作间隙抽了个空来的,仓桥一如既往地清爽,鸟岛和善的大脸上汗涔涔的。

两人带来了消息。

"听说小坂满的绑架案总算尘埃落定了。"

虽然案件以未遂告终,但绑架终归是绑架,调查仍按部就班地进行着。因为大木决意保持沉默,在真相大白前什么都不对贵子说起，所以，这还是案发以来，贵子首次得知小满案的后续情况。

"小满不是小坂夫妇的亲生女儿。"仓桥说。他带来一个探病用的大果篮，因为没地方放而在房里转来转去。贵子刚要起身去泡茶，鸟岛就拦住她，自己在厨房里忙乎起来。

"直白地说，小坂夫妇就是从经济窘迫、苦于养育不了孩子的未婚妈妈手上购买了小婴儿。"仓桥继续说，他端正的脸上浮现出极不痛快的神情。

"据说，小坂夫妇无法生育，就连医生也让他们放弃。夫人的父亲筱塚诚本来就强烈反对他们结婚，再加上生不了孩子这事，他们的处境十分艰难。最后实在撑不下去，就出此下策。中间人已经被捕了，应该会立案侦办。"

小坂夫妇接受了中间人开出的"不问生母身份"的条件，因此，他们完全不知道小满究竟是谁家的孩子。可是生母那边，纵然时间流逝，却始终忘不掉已经放手了的孩子。

"两边都是可怜人……"

那位生母，果不其然就是小满喊作"阿姨"的女性。听说几年前，她获得了小满的消息，想要回女儿，积极地去做小坂夫妇的工作。她还秘密地接触小满本人，取得了孩子的信赖，提出想要一起生活。

小坂氏有了情人，小坂家的氛围就算再往好了说，也谈不上愉悦。再加上被亲生母亲的爱意所吸引，小满似乎也产生了动摇。但以小满的年纪，她无法轻易地对如此复杂的问题做决定。

而皇家酒店发生的事打从一开始就是一场戏，目的是为了逼迫摇摆不定的小满做出决断。

"小满的生母说想和小满不受干扰地谈一谈，这才到东邦升学补习学校接小满去皇家酒店。之后，她竭力劝说小满就此离开小坂家，和自己远走高飞。可小满却回答，没有小坂爸爸妈妈——这是生母在身边时，她对小坂夫妇的称呼——的同意，她不能离家出走。生母因此相当恼火，觉得既然如此，干脆就在酒店打电话跟他们说清楚好了，所以就联系了小坂家。"

然而，那个时候，小坂夫人已经陷入了她会有的恐慌之中，我们警方也出动了——贵子边回忆那一夜，边点头。

"在小满被带走后，小坂夫人不是立刻就嚷嚷着是绑架吗？恰恰就在那当口，她接到了来自生母的电话。本来小坂夫人就是位精神容易崩溃的女性，这一下更是气急攻心……"

"这么说，绑架犯索取一亿日元赎金的事，是她在撒谎？"

"就是这样。"仓桥苦笑道，"那个时候还没有对电话进行录音。我们也是间接听接电话的小坂夫人说的。是有些大意了。"

鸟岛泡着速溶咖啡，呵呵地笑了。

仓桥白了鸟岛一眼，继续说："以夫人的立场，不管怎样，女儿就是真的被绑架了，只要一口咬定犯人索要了赎金，以此作为证据，警察也会认真对待，只有这样，才能尽快夺回小满，抱着这样的想法，她便一心将谎言说到底了。"

索要赎金的电话该不会是小坂夫人在说谎吧——探望过病房里的夫人后，贵子就曾考虑过这一可能性。

"照我看，即使是小坂夫人自己，也因为不能说真话而陷入了困境。"仓桥用手向上拢了拢头发，"可是，撒了那样的谎后，我们若是找到了犯人，她又打算怎么办呢？ 如果被诬陷为勒索绑架犯，小满的生母也会全力抵抗吧。不，不对，她很可能会索性说出真相。"

"有的人一旦情绪上头，就无法理性思考了。"贵子说。

她想起在病房里，手触碰到小坂夫人手的时候。那种女人竟然是小满的母亲——她有如诅咒一般重复着这样的话语，整个人深陷在憎恨与愤怒的泥泞之中，一蹶不振地哭喊着。那个人在那个时候，是没有余力来判断状况、做出推测和思考的。

"可怜。"贵子再度低喃。

"你说小坂夫人？ 我可不这么觉得。"仓桥坦率地说，"倒是小满让我觉得不同凡响。那一夜，那孩子实际上就相当于是被软禁在皇家酒店的。即便她的生母并不知道有索要赎金的谎言存在，却也明白自己必然引发了小坂家的骚动，听说她哭着央求小满跟她走，说自己已经没有退路了。小满却以小坂妈妈好像受了刺激为由，反过来坚持不懈地说服生母先让她回家。她先试着往小坂家打电话，听说事态已经演变为自己遭人绑架后再次大吃一惊。从那时起，她便开动自己的小脑筋，既为了不让小坂妈妈说谎的事暴露，也不令生母被捕，而虚构出了不存在的绑架犯，摆了警方一道。"

"真是了不起的孩子。"鸟岛也用力点着头，似乎由衷地钦佩小满。

"可是，既然真相现已大白，岂不是有人说出了实情？"贵子说，"坦白的人是谁？"

"是小满的亲生母亲。"仓桥说，"我们查明了她的身份，去见了她。报纸等媒体大肆夸大事情的经过，搞得和事实南辕北辙，她自己大概也因此乱了阵脚，很快就招了。说完她倒像是松了口气。此外她还说，因为不想再让小满继续说谎，所以她一直在犹豫是该出来自首还是怎么做。"

默默地喝着速溶咖啡的鸟岛在此时抬起脸，直视着贵子的眼睛："指向小满生母身份的线索，是大木拿来的。"

"大木吗？"

贵子装作若无其事地与鸟岛对视，却显得相当装模作样。

"可不。"仓桥顺着往下说，"那家伙啊，也不知道从哪儿得到的情报——他死活不肯泄露信息源——说和小满同宿皇家酒店的女人，戴着一块与众不同、式样古朴的手表。"

那块手表吗……贵子想着，感到内心深处似乎有一阵清爽的风吹拂而过。那个派上用场了吗?

这成为我最后的"贡献"了啊……她在心里暗自喃喃。虽然想到的措辞莫名地老派,显得有点儿奇怪,可老派又有什么关系,毕竟我是人民公仆嘛,她又想,我曾是人民公仆。多亏了那个能力,现在已无法使用的能力。

鸟岛一直凝视着贵子的脸。

仓桥没有察觉到两人的异样,继续说着:"于是,以那个手表为线索寻找目击证词后,酒店的礼宾领班记起自己为戴着类似手表的女性叫过出租车。一核对时间,发现正好在小满回家前不久。礼宾领班也还记得当时找的是哪家出租车公司。就这样找到了载她的那名司机,调查出她下车的地点,之后就都迎刃而解啦。"

贵子为了不被人看出自己内心的激动,频频地眨着眼,一个劲地盯着咖啡杯里面看。鸟岛虽然没将视线从贵子脸上挪开,但不久后就微笑着说:"这咖啡真好喝。虽然是速溶的,口感却很棒。这是啥牌子?"

"那个……是什么来着?"

其实这是大木买来的。

"好像是外国货。别人给的。"

鸟岛对拿起速溶咖啡罐的贵子说:"小本要是辞职了,我们下午茶歇喝咖啡都会没滋没味的。"

贵子垂下头。仓桥吃惊地叫喊起来："什么，辞职？不是休假吗？我听说的是休假呀！"

"还没决定……"

贵子的声音变小了。鸟岛露出落寞的神情。

看着他们两人的脸，仓桥故意虚张声势一般笑起来："哎呀，不管你怎么决定，毕竟健康第一嘛！等痊愈了再回来就是。拜托你可得早着点儿。胁田那个大叔，唠叨起来没完，真叫人受不了。盗用自治会会费的案子告一段落了，所以那个大叔现在跑来掺和高田堀公园的变态男案。他尽鬼叫些不着调的话，'这种没男人样的家伙就该让女人给逮住'什么的。不过胁田大叔也是在用这种方式来表达小本不在的遗憾。"

说起来，自己在那个案子上也半途而废了。贵子没法抬头去看仓桥的脸。

离开时，仓桥也好，鸟岛也好，都莫名地摆出郑重其事的样子，要和贵子握手。

"保重啊。"

"好好照顾身体。"

仓桥的手很有力，鸟岛的手很温暖。无论从哪一双手上，贵子都没有"读到"任何东西。这是比什么都有力的证明，证明贵子的力量已经下跌至谷底，然而现在，比起这件事，不得不离开他们的事实令贵子更痛苦、更悲伤。

下楼前，鸟岛回了一次头。他似乎想说什么，圆圆的脸庞扭向贵子，却无言地离去了。

贵子手扶着门，就这样久久地伫立在原地。她只身孤影，直到两人早就走下楼梯，看不见踪影之后，她仍没能将一声"再见"说出口。

那周的周日，大木眉开眼笑地跑来，说是也得到了一整天的休假。

"都两年没能在周日好好休息了。小本，在你回老家前，就没什么想去玩儿的地方吗？哪儿我都带你去！"

此时正逢连休假期，电影院、游乐场、餐厅这些地方肯定都人满为患。贵子歪着头，瞅着印着搬家公司名称、堆积如山的瓦楞纸箱。

"东西还没打包完啊……"大木显得颇为遗憾，"女人搬家还真是耗时费力，东西太多了。"

"反正不管去哪儿都是人挤人。"

"也是。没办法了，那不如我帮你打包行李？"

"嗯！"贵子笑容满面地点点头说，"不过，我还是想出门走走的。我说，带我去高田堀公园行吗？然后去甲州庵吃荞麦面！"

"这行程可真是省钱！"大木眨巴着眼睛，"为什么想去高田堀公园？”

“想去看看鸠笛草啊。我在那个公园里发现过盛开的鸠笛草。虽然现在应该已经枯萎了，分辨不出来了，不过就算只剩痕迹我也想去看看。”

不知为什么，即使贵子这么说，大木的表情仍然有些疑虑："哦……这样啊。”

贵子有些纳闷，随后便恍然大悟。

“瞧你这为难的样子，是不是高田堀公园附近又发生了什么？难不成，此前的白雨衣男又出现了？”

大木盯着贵子的眼睛说："你是事先知道才想要去的吧？”

“哪儿的话！我可什么都不知道。是从你刚刚的反应推测出来的。”

“可仓桥和阿鸟上周不是来过吗？你没听他俩说起过？”

“他们只是来探病和道别的。”

和高大的身躯极不相称地，大木轻声咂了下舌："搞砸了。”

“这就叫弄巧成拙。”

上周一晚上九点，在公园内散步的一对情侣受到了白雨衣男的惊吓。他从树荫下突然蹿至情侣面前，朝女人发出怪声后，又钻进树丛逃走了。男人虽然追在后面，却在雨衣男跑出公园后追丢了。

“这次没有敞开雨衣展示吗？”贵子不正经地窃笑起来。

大木却没笑:"雨衣的扣子没扣,里面一如既往地全裸着,不过没有刻意展示。但是,取而代之,我们的老熟人变态混蛋,这次掏出了另外的东西。"

"是什么?"

"刀子。"

贵子收起了笑容。

"那个女人作证称,她看到变态混蛋的右手握着一把刀。"

贵子轻轻地咬着下嘴唇:"看来他的行为逐步升级了。"

"我也这么想。如果不早点儿抓住他,他会从一个不值一提的变态变成真正的罪犯。"

大木摸着脖子说:"基于这个缘故,我才以为小本你也在担心,所以想要去高田堀公园。"

"很遗憾,是你想多了。"

"好像是的。"

"不过,既然我知道了,可就真的担心了。走,散步去。"

"晚上不行。"

"好好好,白天总行了吧。"贵子微微耸了耸肩,"现在的我,既没有职权,也没有义务。即使我有,失去能力后,也已经帮不上各位警察同志的忙了。"

为了尽量让自己听起来像开玩笑般轻松,贵子说话时企图摆出"对这事我已经放弃了,也下定了决心,所以根本不在乎"

的表情，可大木只是沉默不语，面有难色。

"开始打包吧！"贵子慢悠悠地站了起来。

高田堀公园中新绿盎然。大木形容为"到处都是绿意"。

"来勘查周一的案发现场时，我说了句'哎呀果然还是春天好啊'，阿鸟就说，这个时期的绿意到了晚上会散发出味道。"

"味道？"

"嗯，会散发出独特的、类似荷尔蒙的味道。"

"是和森林浴有关的那种东西？"

"谁知道。不过照阿鸟的说法，那股味道会将一些危险分子内心的螺丝拧松，令他们蠢蠢欲动。俗话说木芽萌发时节使人害怕，就是因为那股味道。"

两人缓步而行，一直走到已经新叶满枝的樱花行道树下。为了配合贵子的步调，两人自然而然就走得慢了。从几天前开始，贵子就感到左脚麻痹，以至于行走困难。在旁人看来，恐怕像是扭伤了腿脚。

尽管如此，贵子的心情还不错。这段时间，因为害怕眩晕和昏厥，贵子始终不敢独自外出，对她而言，这是久违的户外空气和阳光。她使劲儿伸了个懒腰，将手举过头顶，感到连内心都伴着消瘦僵硬的肌肉一起，稍微舒展了一些。

"鸠笛草开在哪一带？"

　　贵子拉着大木的手，将他带到樱花行道树尽头的灌木丛前。途中，贵子意识到自己是第一次牵起大木的手。大木似乎早就意识到了，当贵子回过头时，他露出了害羞的笑容。

　　"是这儿。有几朵花曾开在这棵树的树根处。"

　　是在一棵枝繁叶茂的三球悬铃木下。大木蹲下身，环顾被杂草覆盖的树根周围。

　　"花一败就看不出来了。"

　　贵子也和他并排蹲了下来。

　　鸠笛草不仅花，连叶片形状都酷似龙胆，不过比龙胆寒碜，茎的长度也短些。当花朵败落后，茎与叶便如完成使命般地枯萎下去，只在靠近根部的地方残留着几片嫩芽般弱不禁风的叶片。要在欣欣向荣的野草丛中觅其踪影，实非易事。

　　"真想看看它的花长什么样。"大木嘟囔着。

　　"明年来这里看如何？运气好的话，一定也能听到它们唱歌的。"

　　说着，贵子用手拨开野草。蒲公英叶片上趴着的几只蚂蚁，像是干活时被打扰了一样，急匆匆地消失在叶片反面。

　　"是啊，一定可以。"大木说着，看向贵子，"小本也一起来吧。"

　　贵子假装没有听见。

　　"啊，是不是那个？"她刻意提高声调，指着一株野草，"我记得叶子就是这样的。是搞错了吗？"

好想再看一眼鸠笛草的花啊，贵子想。大木站起身，探头看向三球悬铃木的后方。贵子向着应该低调地存活于野草丛某处的鸠笛草，用大木听不见的声音，轻轻地说了声"再见"。

沿着人行道往甲州庵的方向行进途中，他们在右手边看见了一块崭新的宣传立牌。白底黑字中到处夹杂着红色的粗体字。是辖区警署的人写的吗？

"那边就是周一案件的案发现场吧。"

大木叹了口气："还用说吗。"

宣传立牌旨在向经由此处的人们概述案情，在征集情报的同时，也呼吁人们多加小心。出没于此的可疑人物（即变态男）特征为：二十岁出头、身高一米七左右、体形偏瘦、长发、穿白色雨衣。他有可能携带利器的那部分内容是用红笔写的。

贵子在阳光下眯着眼睛环顾四周。那对情侣中的男性从震惊中回过神来后，追在穿过树丛逃离的变态男身后，却在追出最近的出口后跟丢了——

离此处最近的出口通往石岛二丁目，是有着许多民宅和小型城镇工厂的街区一角，建筑物密集。看来犯人又一次混迹其中，凭借自己对地形的了解顺利逃脱了。

贵子闭上眼睛，轻轻摇着头。还是放弃吧，纵然思考也是徒劳。我已经什么都做不到了。

大木察觉到她的异样，向贵子看去。

"不舒服吗？"

"不，没事。只是阳光刺眼而已。"

大木小心翼翼地说："根据现场勘查，那家伙大概就曾待在小本你现在所站的地方。"

贵子俯视着脚下。

"什么都没感觉到吗？"

贵子抬起视线，摇了摇头。

大木点点头："去吃午饭吧。"

"嗯。"

两人缓步离开时，从人行道的反方向走来一名中年女性，在和贵子他们擦肩而过之后便停下了脚步。贵子不经意地回过头，只见中年女性站定在宣传立牌前，仰着脸，阅读着上面的内容。

那名女性个子娇小，给人以朴素的印象，她穿着白色的毛衣和灰色的西装裤，围着浅灰色的半身围裙，右手提着超市的塑料袋。应该是在购物途中路过此处。

看来这宣传立牌也不是全无可取之处，贵子正想着，就听大木低声说："那个大婶，前几天也在。"

"咦？"

因为离他们讨论的女性并不远，贵子反问时也压低了声音。

中年女性丝毫没察觉到他们的动静，仍专心地盯着宣传立牌。

"什么时候？"

"上周周二，也就是案发的第二天。我为了画现场的示意图，又过来了一趟，那时候，她也那样……"大木装作若无其事地从中年女性身上挪开视线，将手插进衣袋中，"盯着宣传立牌看。"

贵子举起双手，做出"哎呀真舒服"的伸懒腰动作，同时侧眼观察着中年女性。

对方目不转睛地盯着宣传立牌，反复看了不知道多少遍。接着，她略微歪着头，就像刚意识到这里是公共场所似的，鬼鬼祟祟地环视周围。或许是心理作用，贵子感觉中年女性发现他们时，像是受到了惊吓。

中年女性转身离开。她的脚步看起来比来时快些，和贵子他们拉开了距离。

在认真考虑之前，贵子已脱口而出："不跟上去吗？"

大木从衣袋里抽出手："我也正要说来着。"

从高田堀公园起，他们只走了不到十五分钟。在收到小坂满案的紧急通知时，他们曾让拦下的出租车等着，用一台公共电话联系警署，经过这台公共电话后，在第二个交叉路口右拐，第四户住宅便是此行终点。眼前是一栋木造、瓦顶、抹着灰浆的二层住宅，看着有三十年房龄。近年来似乎只更换过窗框和门。

中年女性用钥匙打开和皲裂的外墙格格不入的时尚西式大门，消失在门内。

门上的名牌是在金属框中插入手写卡片的类型。泛黄的卡片中央，谦恭地写着小小的"小川"二字。经过风吹雨淋，字迹已经淡得行将消失。但在这两个字下面，另用不同的笔迹以粗得多的黑色字体加写了一个名字：浅井祐太朗。

贵子站在住宅正面，抬头看去，只见二楼的窗边晾着洗好的衣物，零散地间隔着挂在两根晾衣杆上。两条花哨的格纹男式内裤，一件大号的白 T 恤，几双男式短袜，一条蓝色的浴巾——上面虽有商标，但辨认不出来。另外还有一条基本上已变得皱皱巴巴的牛仔裤，如果这也是男款的话，腰身虽然稍窄了些，但裤长是标准的。

虽说只步行了不到十五分钟，贵子还是感到疲惫不堪。她用手扶着住宅外墙，休息了一会儿。在此期间大木自行走开，没多久便出现在房子的另一边。

"有辆自行车。"他用谈论天气的口吻说道，"还挺新，而且是男式的。"

"男式自行车？"

"越野用的那种造型夸张的车。是不是想象不出刚才那位大婶骑着它到处跑的模样？"

到了现阶段，已经没有什么可以直接做的了。于是两人迈步离开。鉴于大木伸出了援手，贵子也就坦荡地和他像情侣一样挽起了手。这么一来贵子就走得轻松多了。

"地址我记住了。"大木说，"从名牌来看，那栋房子里住着大婶和大婶的家人，以及另外的同居者。"

"还不知道那名女性有没有家人呢。名牌上只有姓，她也可能是独居。"

"是吗……"

"而且，从洗好的衣服上看，"贵子继续说，"如果是全家的衣服，数量未免也太少了。今天的天气明明那么好。"

"也可能是分几次晒的啊。"

"这个嘛，也是。不过看刚刚晾晒的情况，如果再紧凑些，一次可以晒上许多。而且，那里晒的全是年轻男性的衣物。内衣、袜子、牛仔裤，全都是。如果是全家的衣物，不是应该更混杂些吗？比如儿子的袜子和父亲的衬衫啦，儿子的 T 恤和母亲的围裙啦等等。在不是一家人的情况下，衣物才会分开晾晒……"

大木看着贵子的脸。

"也就是说，那位大婶独居，而浅井祐太朗是租客？"

"不知道……但是，既然在名牌上添上了名字，就说明这个人有可能要收邮件。而且我觉得浅井祐太朗是个年轻人。这个名字给了我这种感觉。"

"名字？"

贵子艰难地迈出左腿，仰头看着大木。

"祐太朗是个年轻人的名字。我认为现今三十岁以上的人，几乎不会叫这种名字。你看，女孩子也是一样的。有着明星般时髦名字的女孩，大多在十几二十岁。这就是世代差异的体现。浅井祐太朗是年轻人。"

两人停下脚步。大木越过贵子的肩头，回望小川家。那栋房子没有一丝人气，只有晾晒的衣物在春风里摆动。

"总之卡在这里了。"大木说，"到底是儿子还是租客，或者两者都是，我们还不清楚，不过可以肯定的是，那户人家里有个年轻男人。而和年轻男人同住的不知是母亲还是阿姨的女人，看上去对白雨衣案忧心忡忡。"

忧心忡忡，对身边某个人的行为感到不安，暗生疑窦。

贵子拉了拉大木的手臂："在去甲州庵之前，我有个不情之请。"

"什么事？"

"我想确认住在小川家的那名中年女性的职业。"

大木顿了片刻，眼睛一亮："小本……"

"万一她是电表或燃气抄表员的话……"

贵子还没说完，大木便拽着她向前走去。

中头彩了。离小川家十米左右有条商店街，其中干洗店的老板娘和小川同属町内会的妇女部，她津津乐道地向他们说起了小川。

——你们是说小川景子吧？她在丈夫过世后，一直都是一个人过日子，不过从去年开始，她妹妹的儿子就借住在她那儿。说是为了考大学来的东京，不过听人说都落榜两回了。

——对对，小川她确实在燃气公司工作了很长时间。听说那行也不好做啊。就是说啊，负责区域一旦变动，直到记住之前都很麻烦，一刻也离不开地图。她还说过自己在地图上加了各种备注，制成独家秘籍了呢。

经过谨慎的侦查和走访，城南警署的办案人员在贵子他们遭遇小川景子的四天后，拜访了借住在她家的外甥祐太朗。一见刑警登门，浅井祐太朗便企图从自己居住的二楼那间六叠榻榻米①大小的房间破窗逃跑。可惜不巧被晾晒于二楼窗边的大号衬衫遮住了视线，于行动迟缓之际被俘获。

在他房间内，由壁橱改造而成的储藏间里挂着白色的雨衣。雨衣左边的口袋里，有一把崭新的水果刀。

在浅井祐太朗被逮捕至警署的当晚，大木来到贵子家，脸格外地红。看着不像是因为喝了酒，而是因为兴奋。

"仓桥让我转告你。"

"什么？"

---

① 在日本，房间的面积用榻榻米的块数来计算。一叠榻榻米大小通常为一点六二平方米。

"最先想到高田堀公园的变态混蛋身边，可能有燃气或电表抄表员的人，不是小本你吗？"

"……"

"他说他棋输一着，甘拜下风，要在'上总'请你吃顿好的。"

不知不觉间，贵子已泪眼婆娑。她本以为再也不会发生这样的事了。

"不是靠什么天眼通的力量，而是因为小本就是小本。"大木说，"了不起的是小本你自己。明白了吗？"

连休结束了，社会也好道路的交通状况也好，全都恢复如常，因而贵子也要出发回乡了。忙碌的城南警署众人虽然没来送行，但得意扬扬地炫耀着"虽然是巡逻车，但可是崭新的"、负责将贵子送回老家的大木受托转达了他们的口信。

"大家说的都一样，让你早点儿回来。就是胁田那个大叔还发着牢骚加了一句，'偏偏在忙得要死的时候休长假，所以才说女人不行。'"

从前一天起，贵子就因为眩晕发作变得频繁而情绪低落，唯在此刻笑出了声。她边笑边擦拭着眼角。

"对嘛，保持这个状态。"大木说着，发动了汽车，"要和东京暂时说再见了。"

住惯了的充满回忆的公寓渐渐远去。贵子横躺在汽车后座上,透过晃动的车窗仰望着蓝天,陷入恍惚的沉思。千思万虑涌上心头。

能力消失之后——如果还能活着,对贵子而言,会拥有焕然一新的人生吗?

假如,拥有了崭新的人生,贵子还能是贵子吗?

若能重获新生……

那就回东京,回城南警署。然后,试着去联系那个人吧。要对他说什么呢?虽然发生了很多事,不过我还活着,你还好吗?就这样说吧。

我要对他说,即使不歌唱,鸠笛草也依然是朴素却美丽的花。

希望能打出这通电话,她想,假如我能活下来,假如能在没有超能力的人生里重活一次。何不期待一下呢,说不定做得到。

这个想法第一次在心中有了雏形,尽管它还是株弱小的幼苗。

"等到了你家,我该怎么打招呼才好呢?"大木说。贵子哑然失笑。虽然又有一丝难受的眩晕袭来,但她笑着笑着,那眩晕的潮水便退去了。

解　说

■ 评论家　［日］大森望

"能力"的不可思议、不合常理之处，是令我深感兴趣的主题。在我看来，无论何种能力，在便利与乐趣背后，都必然隐匿着残酷和痛苦。即使这能力是所谓的"超能力"也不例外……于是我想，是否可以索性不拘泥于科幻的框架，在推理或爱情小说中书写这一主题？本书就是在这一探索过程中诞生的。

——摘自本书 Kappa Novels 版《作者的话》

本书《鸠笛草》收录了三篇独立的作品，皆以天生具有特殊能力的女性为主人公，即便在宫部美雪的作品中，也是难得一见的中篇合集。三篇作品在一九九四年至一九九五年期间，发表于光文社的推理小说双月刊《EQ》上。围绕着预知能力展开的《直至朽去》发表于杂志一九九四年三月号和五月号（分两次刊登）；拥有意念纵火能力的青木淳子的首个故事《燔祭》发表于杂志一九九五年一月号；描写了拥有读心能力的刑警的《鸠笛草》则发表于杂志一九九五年五月号和七月号（分两次刊登）。

众所周知，在《燔祭》中说出"我如同一把上了膛的枪"的青木淳子，之后将在长篇小说《十字火焰》中继续她的故事。顺带一提，在矢田亚希子饰演青木淳子、伊藤英明饰演多田一树，由金子修介导演的电影版《十字火焰》（二〇〇〇年）中，采用了前半部分描述《燔祭》的故事，然后衔接《十字火焰》的结构。《燔祭》的单独故事，则在二〇一〇年十月，作为《世界奇妙物语二十周年特别企划——人气作家竞演篇》之一被电视剧化。剧中，青木淳子由广末凉子饰演，多田一树由香川照之饰演。

三位女主人公各自拥有的能力，在过去的科幻作品、现代恐怖作品、漫画和好莱坞电影中早就屡见不鲜，要给读者带来与过往这些超能力题材作品截然不同的印象，恐怕得依托作者一流的叙述技巧了。

"宫部美雪在传统小说的终点开始她的故事"，一语道破其中玄机的人是北上次郎（摘自新潮文库《魔术的耳语》解说），而这一评价在本书收录的作品中皆得以印证。

《燔祭》的故事是从视点人物多田一树看到晚报标题的瞬间，即知晓一切皆已落幕的场景开始的。引出一部在复仇被实现后才开始的复仇物语……直到小说的后半部分，身为"武器"的青木淳子之名才出现在一树的回忆中，而当下的青木淳子，更是只在作品结尾处的一个场景中登场。尽管如此——不，应该说正因为如此，与《火车》中从未现身的女主人公一样，青木淳子身上有着强烈的存在感。

一树的回忆在时间轴中自由来去，而作品中的"现在"则被插入回忆的间隙里，这样的结构虽然复杂，但蜡烛那摇曳的形象就如同电影《公民凯恩》中的"玫瑰花蕾"，贯穿错综复杂的数条时间线，令读者不至困惑不解。

若中规中矩地遵循线性的时间序列来写这篇小说，这大抵也只会是个平凡的故事罢了。实际上，假如用真正的枪替换掉意念纵火能力，再调换两名主角的性别，就会变成常见的悬疑小说，比如：一个是黑道出身、藏有托加列夫手枪的男子，一个是亲人惨遭杀害的职业女性，前者向后者提出由自己替其报仇的建议。然而，宫部美雪分解掉平平无奇的故事要素，构建新的形式，从而将小说改头换面，打造成迥然不同的类型。借新版出版之机进行的采访中，作者就自己的叙述风格如是说：

或许，我癖好如此。在构思故事从哪里开始时，我总想从不那么一板一眼，或者说不遵循顺序的地方开始。而且，我不是在写名侦探、名刑警，所以总会很在意自己想写的人物是在哪个阶段与事件产生关联的。那么，即便事件就整体而言已得到解决，但主人公是从这里开始参与该事件的，因此就必须从这里写起。或者是，主要事件已经结束，留下的余波之类的又引发了新的情况，在这一阶段才涉及主人公，诸如此类。我正在写的故事也是这样。可能我就是喜欢这种模式。

本书的第一个故事《直至朽去》也是自"传统小说终点"开始的故事。以祖母的死为契机，主人公智子打开了在自己八岁时因交通事故过世的父母遗留下的纸箱。因打开潘多拉魔盒而接触到尘封的往事是推理小说的常用套路，但宫部美雪仍在此进行了颠覆——录像带既是被发掘出的过去，又记录了智子本身对未来的预知。未来，以过去之姿复苏……

据作者称，这篇小说源自一个灵感，"孩子总会说些不明所以的话，但若尝试去倾听，便会明白那其实是预言"。"让孩子写成文字很难，那就以录像来呈现。父母不是都会拍摄家庭录像吗，比如孩子的运动会"，构思虽然不算稀奇，但将其付诸小说时，从打开封存着黑色录像带的纸箱开始叙述的想法只能用"天才"来形容。写在标签上的日期和录像带中所摄报纸显示的拍摄日期有着偏差之谜，以此为开端，智子决定直面自己的过去和未来。

宫部美雪另一部描述预知能力的作品，是《模仿犯》中的前畑滋子再度登场的长篇——二〇〇七年的《乐园》。这是一个十二岁少年的故事，他的画让人不得不认为那是对未来的预言。

然而，在小说一开始(以前畑滋子接受少年母亲的咨询为故事开端)，少年就已经因事故身亡了。因此，"少年真的拥有过预知能力吗"这个对过去的疑问，就成了驱动小说的要素。这又是一个自"传统小说终点"开始的故事。从某种意义上来说，或许《乐园》也可以说是《直至朽去》的扩展形态。

此外，如果要加一个无足轻重的注释，我想讲一点。与录像机一体化后的便携式家庭用摄像机直到二十世纪八十年代才问世。在《直至朽去》一文中拍摄下影像的七十年代，尚不存在现今所使用的摄像机，所以我认为，女主人公父母使用的应该是分离式录像系统，其镜头部分和固定的走带装置部分是用电缆连接的。

与书同名的作品《鸠笛草》也不同于普通的超能力故事，它并非从获得特殊能力，而是从能力走向衰竭开始，是一个关于"失去能力"的故事。

主人公是位女刑警，她利用某种特殊能力立功，以此获得如今的地位。然而，那种能力开始逐步衰退。这样下去，女刑警似乎会失去作为刑警立身的资本。

据作者称，此作的灵感源自罗伯特·西尔弗伯格于一九七二年发表的超能力科幻名作《心之垂死》(Dying Inside)。《心之垂死》的主人公塞利格是拥有读心能力的四十一岁男人。他利用超能力搭建人脉、谋求生计，但不久后，他意识到自己的能力开始枯竭，从而陷入将要失去能力的不安和绝望中……

会被这一（不太像超能力科幻的）主题吸引的理由，也直接关系到宫部美雪多次选择超能力作为小说题材的理由。

获得日本推理作家协会奖的《龙眠》中的主人公，是拥有读心能力的慎司和直也；即使在获得日本科幻大奖的时间旅行类科幻作品《蒲生邸事件》中，时间回溯也是通过一种超能力（特异体质）来实现的。包括了《颤动岩》《天狗风》等作品的时代小说"通灵阿初捕物帐"系列中，女主人公阿初，和《鸠笛草》中的贵子一样，作为超能力侦探活跃着，只是时代不同罢了。顺带一提，刊登在《历史读本》一九九一年八月特别增刊号上的中篇作品《迷路之鸠》（收录于新潮文库出版的《镰鼬》）是阿初的初次登场。根据该文库本的后记可知，初稿的完成时间是一九八六年，彼时作者尚没有成为职业作家，因此，宫部美雪从她作家生涯的最早期起，就已经在持续书写拥有特殊"能力"的人类的故事了。在本书新版出版之际的采访中，作者对相关情况做了如下讲述：

关于超能力本身，我个人全无实际体验，甚至并不相信。我认为所谓预感之类，大概是能够用人类的五感来解释的。因为，举例来说，奥林匹克选手也好，一郎选手①也好，在我看来就是超能力者。他们做着我绝对做不到的事。所以，将人类能力中的不可思议以故事的形式写下来时，以超能力作为隐喻来使用是很取巧的。如果叙述的是学习的好坏、绘画的才能等，就会变成相当严肃的小说。因为就娱乐性而言，它们会成为读起来极为吃力的小说。

《交响情人梦》②我看到中途就看不下去了。当然，故事本身十分欢乐，但一旦剥去外皮，这部漫画对才能的描写是极为苛刻的，这让我觉得持续阅读会有点儿吃不消，便在法国留学篇那里停下了。如果它不是如此欢快的恋爱物语，如果人物性格不是那般恬然，它会是一个使人无法正视的残酷故事。

——如果将《鸠笛草》的主题同样想作是"失去才能的不安"，那么当成小说家或音乐家的故事来读也是可以的。

这绝非是与己无关的故事。说起来，《心之垂死》就是残酷物语。我常说，自己对这个世界一无所知，也没有野心，只是凭借兴趣在写，便遇见了许多好人，有了许多好的机缘，从而成了职业作家。

因此，父母对我说："既然有报酬拿，就坚持十年吧。"就在坚持的过程中，我幸运地写出了畅销书，还获得了文学奖。做着

---

① 指铃木一郎，日本著名职业棒球选手。
② 日本漫画家二之宫知子以"古典音乐"为题材创作的漫画。

自己喜欢的事，能够得到认可，还能获取金钱，这多么快乐啊，所以我拿出干劲，就这么一口气写了二十四年。因为我是这样的人，所以现在仍然一点儿雄心壮志也没有。我感觉自己是因为得到了"真的很开心""很有趣"的反馈而高兴，所以才坚持写下来的。我从不曾认真地直面自己思考过。

所以，即使在某一时刻突然写不出来了，我也只会觉得：那就这么着吧，还能怎么办。写《鸠笛草》的时候，写作欲望比现在蓬勃得多，所以还会担心要是写不出来就糟了，不过最近，就算有一天故事之神从天而降，对我说"好了，时限到了"，我也会轻松地想：那就没办法啦。反正这二十四年来也创造了美好的回忆，不是吗？

这段引用虽长，但宫部美雪笔下超能力物语的本质都总结在其中了。也就是说，在某种意义上，《鸠笛草》是宫部美雪自身的故事。《鸠笛草》中的贵子身为刑警，在工作中利用特殊的能力崭露头角。将这能力挪换到作家身上，不正是写出精彩绝伦的小说的能力吗？对于写不出小说的人来说，宫部美雪的"写作能力"毋庸置疑是超能力——连自己也解释不了"何以能做到"，但不知为何总能自然而然做到的特殊能力……

在这种意义上，《鸠笛草》中的本田贵子，《直至朽去》中的麻生智子，以及《燔祭》中的青木淳子，都可以说是宫部美雪的不同分身。而且，正因为比任何人都更清楚地认识到"'能力'

的不可思议、不合常理之处",宫部美雪才能写出撼动"普通人"心扉的超能力小说。本田贵子、麻生智子和青木淳子并非与众不同之人。即便在你我身上,想必也都有与她们些微重合之处。收录于本书的三个故事,写的正是你,以及你身边的人。